ALICE'S ADVENTURES IN THE WONDERLAND

Lewis Carroll

愛麗絲夢遊仙境

ALICE'S ADVENTURES IN WONDERLAND

路易斯‧卡洛爾 Lewis Carroll —————— 著

茱莉亞‧薩爾達 Júlia Sardà —————— 圖

CONTENTS

1. 掉進兔子洞　13

2. 眼淚池　25

3. 黨團熱身賽跑和漫長的故事　37

4. 白兔先生派來小比爾　47

5. 毛毛蟲的忠告　61

6. 小豬和胡椒　75

7. 瘋狂下午茶　91

8. 紅心王后的槌球場　105

9. 假海龜的故事　121

10. 龍蝦方塊舞　133

11. 誰偷了水果塔？　147

12. 愛麗絲的證詞　159

金色午後景緻燦爛，
搭乘小船水面悠游；
小小手臂搖動雙槳
技巧生疏只是窮忙，
小小手兒胡亂比劃
指引小船前進方向。

無可奈何三姊妹啊，
氣若游絲半夢半醒，
懇求發表故事聽聽，
無可奈何孤軍奮戰，
怎麼抵擋三口齊張？

專橫大姊先聲奪人，
宣布命令立即開講，
溫柔二姊殷殷期盼，

別缺離奇怪誕情節，
小妹插嘴從不停歇，
故事分分秒秒打斷。

頃刻四方安靜無聲，
陶醉沉迷瑰麗怪奇，
奔馳狂野奇幻祕境，
幻境經歷驚聲連連，
珍奇鳥獸和睦對談，
如幻似真半夢半醒。

傳奇故事終將結束，
靈感泉源總至枯竭，
頭昏眼花疲倦困頓，
但求眾人下回分解，
興致勃勃無法等待，
此刻即為下次分解！

奇幻祕境接連展開，
一段一段接二連三，
稀奇古怪百轉千迴，
故事尾聲終將呈現，
斜陽照耀始返家園。

愛麗絲的纖纖小手，
請勿推辭童話故事，
童年夢境永藏不朽，
神祕記憶纏繞交織，
枯萎花冠常伴聖者，
芬芳花朵遙遠他方。

1

··

掉進兔子洞

　　愛麗絲陪著姊姊坐在河畔，因為沒事可做，開始覺得有點無聊。她偷瞄了幾眼姊姊正在看的書，上面既沒有圖片，也沒有對話，愛麗絲心想：「沒有圖片，又沒有對話，那還要書幹麼啊？」

　　雖然炎熱的天氣讓她昏沉想睡，愛麗絲仍努力在腦中想著，要不要站起來撿些雛菊編花環，或做些有趣的事，但又覺得有點麻煩。此時，忽然一隻有粉紅色眼睛的白兔先生從她身旁跑了過去。

　　這件事沒什麼好稀奇的；就連愛麗絲聽見白兔先生喃喃自語

地說：「喔天啊！喔天啊！要遲到了！」時，也不覺得有哪裡不對勁（事後回想起來，她覺得自己應該覺得很驚訝才對。可是當時，一切都是如此地自然）。沒想到白兔先生竟然真的從背心掏出懷錶，看了一眼，又繼續往前跑時，愛麗絲才趕忙跳起來，一個念頭閃過腦海：她從沒見過穿背心的兔子，也沒見過兔子從背心拿懷錶出來看。她好奇心大作，跟在白兔先生後面跑過草地，正好看見他鑽進樹叢底下巨大的兔子洞。

愛麗絲趕緊跟著鑽了進去，完全沒想到，以後要怎麼出來。

兔子洞像隧道般筆直往前，接著忽然急轉直下，地形變化快到愛麗絲來不及反應，發現時，已經墜入一口很深很深的井裡。

要不是這口井太深，就是墜落的速度很慢，讓她有充足的時間左顧右盼，猜想接下來會發生什麼事。首先，她往下看，想弄清楚自己會掉到什麼地方，但下面太暗了，什麼也看不見；接著，她往井壁四周望去，只見四處都是櫥櫃和書架，還有些地圖和圖畫掛在釘子上。經過一個架子時，她拿起一個罐子，上面貼著「橘子醬」，但她非常失望地發現裡面竟然是空的。她怕罐子掉下去會把人砸死，經過另一個櫥櫃時，又順手將罐子放了回去。

「哼！」愛麗絲心想，「都從這麼高的地方掉下來了，

以後就算從樓梯滾下來也算不了什麼。家裡的人一定會覺得我超勇敢！哪怕從屋頂摔下來，也一聲都不會吭（這倒是很有可能）！」

　　掉啊，掉啊，掉啊，到底有沒有盡頭啊！「現在，不知道掉

了幾公里了？」愛麗絲大聲地說：「一定很靠近地心了，我想，差不多是六千五百公里深吧……」（要知道，愛麗絲在課堂上學過諸如此類的事情，雖然沒有人在聽，眼前也不是賣弄知識的好時機，但說出口來練習一下還是不錯的。）「……沒錯，差不多就這麼深了。但不知道現在是在哪個緯度還是經度呢？」（愛麗絲不知道緯度或經度是什麼，只是覺得這兩個詞聽起來挺有氣勢的。）

過一會兒，她又開口了：「說不定會這樣穿過去，掉到地球的另一面。從那些頭下腳上倒立走路的人群中冒出來的畫面也太妙了吧！這些人好像是叫做倒立人吧[1]……」（這次，愛麗絲反而因周遭沒有人在聽而覺得開心，因為這個詞聽起來不大對勁。）「……但你也知道，我總得問問他們的國家叫什麼名字嘛。夫人您好，請問這裡是紐西蘭還是澳洲呢？」（說這句話時，她試著行屈膝禮──你想想，在半空中是要怎麼屈膝行禮啊！怎麼可能辦得到呢？）「聽到我這麼問，她一定會覺得我是個無知的小女孩。不行，我絕對不能開口問，或許到時候再找找看是不是有寫在哪裡。」

掉啊，掉啊，掉啊，因為沒其他事好做，愛麗絲又開口說話：「我在想，黛娜晚上一定會超級想我！」（黛娜是她養的

貓）「希望他們會記得下午茶時給牠一碟牛奶。親愛的黛娜，要是妳可以跟我一起下來這裡就好了！半空中恐怕沒有老鼠給妳抓，但是或許可以抓蝙蝠，因為蝙蝠長得跟老鼠很像。不過啊，不知道貓吃不吃蝙蝠喔？」愛麗絲開始有點想睡，半夢半醒地自言自語：「貓會吃蝙蝠嗎？貓會吃蝙蝠嗎？」偶爾會講成：「蝙蝠會吃貓嗎？」由於兩個問題她都沒辦法回答，因此誰吃誰對她來說差別不大。愛麗絲覺得自己睡著了，開始作夢，夢到她跟黛娜手牽著手走路，還非常真心地問牠：「黛娜，老實跟我說，妳有吃過蝙蝠嗎？」忽然間，咚！咚！她跌在一堆枯枝和乾樹葉上，終於跌到洞底。

愛麗絲毫髮無傷，立刻跳著起身。她往上看，只看到頭頂黑漆漆的。往前看，眼前出現另一條長長的走道，隱約看得到急忙往前跑的白兔先生。一刻也不能耽擱了，愛麗絲一陣風似的往前跑，正好在白兔先生拐彎時聽見他說：「噢我的耳朵，我的鬍鬚啊！怎麼這麼晚啦！」拐過轉角前，愛麗絲還緊跟在後，但白兔先生一轉彎就不見了。愛麗絲發現自己身處狹長又低矮的大廳，天花板上的一排吊燈照亮了眼前的景物。

大廳四周有好幾扇門，全都上了鎖。愛麗絲沿著牆壁走到底，再從另一邊走回來，沿途試過每一道門。她難過地走回大廳

中央，不知道要怎麼離開這裡。

　　此時，忽然發現一張矮小的三腳桌，桌子是由實心的玻璃製成，桌上除了一把小小的金色鑰匙外，什麼也沒有。愛麗絲馬上想到這把鑰匙一定能打開大廳裡的某一扇門。可是，唉！不是門鎖太大，就是鑰匙太小，一扇門也打不開。繞第二圈時，發現一塊之前沒有留意到的低矮布簾，布簾後面有一扇四十公分高的小門。她試著將金鑰匙插進門鎖，大小竟然剛剛好，太棒了！

　　愛麗絲打開門，發現門後有一條矮小的通道，大小跟老鼠洞差不多。她跪了下來，沿著通道往前看，通道盡頭是一座前所未見、非常漂亮的花園。她好想離開這個陰暗的大廳，在鮮豔的花朵與沁涼的噴泉間漫步啊。但她連頭都塞不進去。「就算把頭硬塞進去，」可憐的愛麗絲心想，「肩膀過不去也沒用。唉，要是我可以跟伸縮望遠鏡一樣縮得小小的就好了！要是知道開頭該怎麼做，我想我一定能夠縮小。」愛麗絲碰到這麼多稀奇古怪的事，難怪開始覺得什麼事情都可能發生。

　　在小門邊枯等也沒用，她回到矮桌旁，抱著一絲希望，或許能在桌上找到另一把鑰匙，或者一本教人如何把身體像伸縮望遠鏡一樣縮起來的書。這次，她在桌上發現一個小瓶子（「剛才明明就沒有這個小瓶子。」愛麗絲說），瓶口掛著一張標籤，上面

寫著兩個漂亮的大字：「喝我」。

「喝我」兩字的意思很清楚，但聰明的愛麗絲並不急著那麼做。「不行，我得先看看，」她說，「看看上頭有沒有標示『毒藥』。」她曾經讀過幾則精采的小故事，講的是一些孩子被燙傷、被野獸吃掉，或發生其他不幸的事故，一切只因為他們不記得朋友曾經教過的一些簡單道理。譬如說，握著燒紅的撥火棍太久會燙傷、手指被刀割得太深就會流血等。而她永遠都記得，如果喝了太多標示著「毒藥」的瓶子裡面的東西，身體早晚一定會覺得不舒服。

然而，這個瓶子沒有標示著「毒藥」，因此愛麗絲冒險嚐了一口，發現滿好喝的（事實上，那味道就像混合了櫻桃塔、卡士達醬、鳳梨、烤火雞、太妃糖，還有塗了奶油的吐司），因此很快就喝光了。

*　　　*　　　*

「感覺真奇妙！」愛麗絲說，「我一定是要縮小了，就跟伸縮望遠鏡一樣。」

的確是這樣，現在的她只有二十五公分高。一想到現在自

己小到可以穿越那扇門，進入漂亮的花園裡，就開心得不得了。不過，她得多等幾分鐘，看看自己還有沒有繼續縮小。她有點緊張。愛麗絲自言自語：「說不定到最後，我會跟滅掉的燭火一樣消失無蹤。到時候我又會變成什麼樣呢？」愛麗絲試著想像燭火被吹滅的模樣，因為她不記得自己曾經看過類似的東西。

過了一會兒，確定身體沒有其他變化後，愛麗絲決定立刻前往花園。唉，可憐的愛麗絲！走到門邊，她才發現自己忘了那把小小的金鑰匙。回到桌旁，又發現自己根本就搆不到茶几上的鑰匙。透過玻璃，可以清楚看見那把鑰匙。她竭盡所能想爬上其中一隻椅腳，但椅腳卻滑溜溜的。試了幾次，可憐的小愛麗絲累得筋疲力盡，坐在地上哭了起來。

「好了好了，哭是沒有用的！」愛麗絲狠狠地對自己說，「我建議妳馬上停止哭泣！」她通常會給自己很好的建議（不過很少照著做），而且有時還會因為語氣過於嚴厲把自己罵哭。她記得有一次，因為在一場對抗自己的槌球賽中作弊，差點甩自己一巴掌。這個古怪的孩子喜歡一人分飾兩角。「可是現在，」可憐的愛麗絲想，「假裝有兩個人也幫不上忙！我只剩下這麼一丁點大，連要當個像樣的人都有困難！」

她的目光很快就落到桌底下的一個小玻璃盒上。她打開玻璃

盒，找到一塊非常小的蛋糕，蛋糕上面的葡萄乾排成兩個漂亮的字：「吃我」。愛麗絲說：「好吧，我就吃下這塊蛋糕，如果變大，就可以去拿鑰匙；如果變小，就可以鑽過底下的門縫。不管變大或變小，都可以進去花園，我才不在乎呢！」

吃下一小口後，她焦急地自言自語：「變大還是變小了？變大還是變小了？」同時將手放在頭頂上，感覺自己有什麼變化。她相當訝異地發現自己的高度一點也沒變。當然，一般情況下，吃了蛋糕本來就不該有什麼變化，但是愛麗絲碰上許多奇奇怪怪的事情，預期應該會有怪事發生，結果反而跟平常一樣，那就顯得既單調又無趣了。

於是她繼續吃蛋糕，一下子就吃光了。

1　原文為antipodes，愛麗絲原本指的是那些位於地球另一端，也就是紐西蘭或澳洲的人，卻口誤講成antipathies（原意為討厭的事物，或對立人，藉此暗喻奇境中的角色行事另有一番規矩）。

2

眼淚池

「越奇越怪，越奇越怪了！」愛麗絲大喊（因為過度驚訝，此刻的她連話都沒辦法好好說）。「我要長得跟世界上最大的望遠鏡一樣了！掰掰，我的雙腳！」（她低頭一看，幾乎看不到自己的腳，雙腳變得好遠好遠。）「噢，我可憐的小腳，我的寶貝，現在誰會來幫你們穿鞋襪呢？我確定自己再也沒有辦法這麼做了！你們離我實在太遠了，我沒辦法再照顧你們了，你們得靠自己嘍——不過我一定要好好對待他們，」愛麗絲心想，「否則他們就不會帶我到我想去的地方！讓我想想。對了，每年聖誕節，我都要送他們一雙新鞋。」

她開始計畫。「得請人寄過去，」她心想，「多好笑啊，寄禮物給自己的腳耶！包裹上的地址看起來也會很奇怪！

壁爐護欄旁

地毯上

愛麗絲的右腳收

（愛你的愛麗絲寄贈）

天啊，我在胡說八道什麼啊！」

就在這個時候，她的頭碰到了屋頂。事實上，她現在的身高已經超過兩百七十公分。她抓起茶几上的小金鑰走到那扇通往花園的門。

可憐的愛麗絲！她只能夠趴在地上，用一隻眼睛看著門後的花園。以她現在的身高，要穿過門到花園更不可能了。她再次坐在地上哭了起來。

「妳真丟臉，」愛麗絲說，「都長這麼大了（她這麼說的確一點也沒錯），「還哭得稀里嘩啦！我命令妳立刻停下來！」但她仍然哭個不停，流下好幾十公升的眼淚，直到身旁出現一個一百二十公分深的水池，淚水淹沒了半座大廳。

過了一會兒，她聽見遠方傳來啪噠啪噠的腳步聲，急忙擦乾眼淚，看看走過來的人是誰。是白兔先生回來了。他穿著非常

考究，一手拿著一雙羔羊皮手套，另一手則拎一把大扇子，急急忙忙地快步跑著，嘴裡同時喃喃自語：「噢！公爵夫人，公爵夫人！噢！要是繼續讓她等下去，鐵定會發飆的！」此時愛麗絲非常絕望，只希望有人幫忙，隨便誰都好。因此白兔先生靠近時，她怯生生地說：「對不起，先生……」白兔先生嚇了一大跳，扔下羔羊皮手套跟扇子，拚命地逃進黑暗之中。

愛麗絲撿起扇子跟手套。由於大廳太悶熱，她一邊不停搧扇子，一邊說：「天哪，我的天哪！今天發生的事情也太奇怪了吧！昨天一切都還很正常呢。我該不會是在昨晚睡覺的時候變成別人了吧？我想想：今天早上起床的時候，我長得跟以前一樣嗎？這麼說來似乎的確是有點不一樣。但如果我不是我了，那接下來的問題就是，現在的我是誰啊？唉，這個問題還真難回答！」她開始去想那些跟自己同年齡的孩子，看看自己是不是變成其中的一個人。

「我敢肯定自己不是愛達，」她說，「因為她的頭髮又長又鬈，而我的頭髮一點也不鬈；我一定也不是梅寶，因為我懂得很多東西，而她呢，唉，可是什麼都不知道呢！而且她是她，我是我，而且……噢天啊，好複雜喔！我來試試自己還記不記得以前知道的那些事情吧。我想想喔：

四五一十二，四六一十三，四七……噢天啊！照這樣下去我永遠也沒辦法算到二十^2！不過會不會背乘法表也不重要，來試試地理好了。倫敦是巴黎的首都，巴黎是羅馬的首都，而羅馬是——不對，我很確定全部都不對！我一定是變成梅寶了！我來試試背〈小小鱷魚——〉」就跟平常上課的時候一樣，愛麗絲把雙手交叉放在膝上開始背書，只是她的聲音聽起來粗啞又奇怪，唸出來的句子也跟平常不一樣：

小小鱷魚愛保養，

一條尾巴閃亮亮，

尼羅河水來沖洗，

鱗甲片片金光閃！

咧開嘴巴呵呵笑，

爪子張得齊整整，

優雅張開上下顎，

微笑歡迎魚入嘴！

「我確定自己一定是背錯了。」可憐的愛麗絲說。她眼眶含淚地繼續說下去：「我一定是變成梅寶了，我得去住在那間又

窄又小的房子裡，不但沒有玩具可以玩。天啊！還有好多好多課要上！不行，我決定了，如果我變成梅寶，我就要住在這裡！就算他們把頭往下探，說：「寶貝，上來嘛！」也沒用。我會抬起頭，說：『我現在是誰？你先跟我說，如果我想當那個人，我就上去；如果我不想當那個人，我就要留在這裡，等變成其他人為止。』可是，噢天啊！」愛麗絲突然放聲大哭。「我好希望他們把頭探進來看喔！我好累，好孤單喔！」

說這句話的時候，她朝下看自己的手，訝異地發現自己在說話的同時，竟然戴上白兔先生的羔羊皮手套的其中一隻。「怎麼可能？」她心想，「我一定又變小了。」愛麗絲站起來，走到桌旁測量身高，果然如她所料，現在身高大約只有六十公分，而且還在快速縮小中。她發現是扇子搞的鬼，急忙扔掉扇子，才沒有讓身體完全消失。

「好險！」愛麗絲說。突如其來的變化嚇壞了她，但她也很高興發現自己還活著。「該出發去花園了！」她卯足全力跑向那扇小門。但是，唉！小門又闔上了，小金鑰依舊躺在玻璃桌上。「這下更糟了，」可憐的愛麗絲心想，「我從來沒有變得這麼小過，從來沒有！我敢說，這真是太糟糕了，糟糕透了！」

說這句話時，她的腳滑了一下，接著撲通一聲，整個人跌進

淹到下巴的鹹水裡。她想，自己可能跌進了海裡，「如果是這樣的話，我可以搭火車回家。」她自言自語。（愛麗絲曾去過海邊一次，並得到一個結論：不管到英國的哪座海灘，海裡都會有許多更衣馬車³、總會有一些孩子用木鏟在沙上挖洞，還有成排的廉價旅社，而火車站就在那些旅社的後頭。）然而，愛麗絲很快就發現自己其實是在眼淚池裡，是剛剛還是兩百七十公分時的她哭泣時製造出來的。

「要是我沒哭得那麼慘就好了！」愛麗絲邊說邊四處游，試著找到離開的方法。「我猜，這就是我愛哭的報應，我要淹死在自己的眼淚裡了！這件事也夠奇怪了吧！不過，今天發生的每一件事情都很奇怪。」

就在這個時候，她聽見不遠處傳來拍水的聲響。她朝聲響的方向游過去。一開始，以為一定是隻海象或河馬，接著想起來自己有多小，才發現是一隻跟她一樣跌進水裡的老鼠。

愛麗絲心想：「跟老鼠說話有意義嗎？這裡所有的一切都很奇怪，所以這隻老鼠很有可能會說話，反正試試看也不會有什麼損失。」因此她就開口了：「老鼠先生，你知道要怎麼離開這座水池嗎？我已經游得很累了，老鼠先生！」（愛麗絲猜，用這種口吻跟老鼠說話準沒錯：她從沒這麼做過，但她記得曾在哥哥的

拉丁文法書中看過，「一隻老鼠──老鼠的──給老鼠──一隻老鼠──老鼠啊！」）老鼠先生一臉狐疑地盯著她，似乎一隻眼睛還眨了眨，但卻什麼也沒說。

「或許他聽不懂英語，」愛麗絲心想，「我敢說他一定是隻法國老鼠，是跟著征服者威廉一起過來的。」（以愛麗絲對歷史的知識來說，她對哪些事件是在什麼時候發生沒什麼太清楚的概念。）因此她改用法語說：「我的貓在哪裡？」這是法語課本裡的第一個句子。老鼠嚇得跳出水面，渾身發抖。「噢，對不起！」愛麗絲連忙叫出聲，生怕自己傷害了這隻可憐小動物的感情。「我忘了你不喜歡貓。」

「不喜歡貓！」老鼠先生尖銳而激動地大喊。「換作妳是我的話，妳會喜歡貓嗎？」

「呃，或許不會吧，」愛麗絲用安撫的口吻說，「別生氣嘛。不過我還是希望能讓你見見我們家養的貓黛娜。如果見到牠，我猜你就會開始喜歡貓了。牠又可愛又安靜，」愛麗絲一邊懶洋洋地在池子裡游泳一邊說，大半是說給自己聽的。「牠會坐在壁爐旁發出呼嚕呼嚕的可愛聲音，同時舔舔自己的腳掌也洗洗臉──牠很好摸喔，軟呼呼的──而且還是抓老鼠的高手──噢，對不起！」愛麗絲再次大聲道歉。這次，老鼠先生氣得渾身

的毛都豎了起來，她覺得自己一定惹火了對方。「如果你不喜歡的話，我們就不要再聊牠了。」

「還『我們』咧！」老鼠先生大喊，氣得連尾巴末端都在發抖。「講得好像我想聊這個話題一樣！我們家族向來恨透了貓。他們卑鄙、下流又粗魯！我不想要再聽到那個名字了！」

「保證不提！」愛麗絲說，她急急忙忙想要改變話題。「你──你喜歡──喜歡──狗嗎？」老鼠先生沒有回答，愛麗絲急忙繼續說下去，「我們的鄰居養了一隻很可愛的小狗，真想讓你看看牠！是一隻小型的獵犬，眼睛亮晶晶的，你知道嗎，牠身上還長了又長又鬈的毛喔！不管你丟什麼東西出去，牠都會撿回來，還會坐在地上挺起上身討晚餐吃，還有各式各樣的把戲──我記得的把戲還不到一半呢──而且啊，牠的主人是一個農夫，農夫說這隻小獵犬很厲害，有一百鎊的價值呢！他說，小獵犬能殺掉所有的老鼠，而且──噢天啊！」愛麗絲驚叫，語氣很懊悔。「恐怕我又冒犯到他了！」老鼠先生從愛麗絲身旁游開，拚命地往遠方游去，激起一陣陣的水花。

愛麗絲在老鼠先生背後溫柔地喊著：「親愛的老鼠先生，請你回來吧！如果你不喜歡的話，貓跟狗的話題我們都不談啦！」老鼠先生聽見後轉身，慢慢地游回她的身邊。老鼠先生一臉蒼白

（愛麗絲心想可能是情緒太激動的緣故），用顫抖的聲音低聲說：「我們往岸邊游去吧。上岸以後，我再把自己的經歷告訴妳，妳就會明白為什麼我會討厭貓狗了。」

的確該上岸了。池子裡掉進了許多鳥兒和動物，變得相當擁擠：有一隻鴨子，一隻多多鳥，一隻鸚鵡跟一隻小鷹，還有一些奇奇怪怪的動物。愛麗絲領著大家往岸邊游去。

2　傳統乘法表算到十二。照愛麗絲的算法，四乘以十二等於十九，永遠也算不到二十。
3　十八、十九世紀時海邊常見的設備，人們在裡面更衣，再由馬匹或人力拉進海中。

3

黨團熱身賽跑和漫長的故事

　　聚集在岸邊上的他們看起來真的很古怪——有羽毛濕漉漉的鳥兒，還有毛皮緊黏在身上的動物。大夥兒都濕淋淋的，不但不舒服，心情也很糟。

　　目前第一個問題當然就是如何把身體弄乾，他們就此討論了一會兒。才幾分鐘，愛麗絲就自在地跟他們說話，彷彿認識了很久。她甚至跟鸚鵡爭執了一下子。最後，鸚鵡悶悶不樂地說：「我年紀比妳大，知道的事情一定比妳多。」愛麗絲沒辦法接受這樣的說法，堅持要知道鸚鵡的年紀，但鸚鵡又不願透露，對話只能就此不了了之。

　　最後，彷彿最具權威的老鼠先生大喊：「全部坐下，聽好！我很快就能把你們弄乾！」大夥圍成一個圓圈坐下，老鼠在圓圈的中心。愛麗絲焦急地盯著鸚鵡，她確定如果不趕快把自己弄乾的話，一定會得重感冒。

　　「嗯哼！」老鼠先生神氣地說，「都準備好了嗎？這是我所知道最乾的事情。請大家安靜！『在獲得了教宗的支持後，征服者威廉很快就降伏了英格蘭人。當時的英格蘭人對征戰掠奪習以為常，且正在尋找領導人物。麥西亞伯爵艾德溫及諾桑比亞伯爵莫卡……』」

　　「呃！」鸚鵡顫抖著說。

　　「抱歉！」老鼠先生皺眉但有禮地說，「你剛剛有說什麼嗎？」

　　「我沒有！」鸚鵡急忙回答。

　　「我還以為有聽見你說話呢，」老鼠先生說，「……那我

繼續說嘍。『麥西亞伯爵艾德溫及諾桑比亞伯爵莫卡都宣布支持威廉，就連愛國的坎特伯里大主教史蒂坎德也發現這是明智之舉⋯⋯』」

「發現什麼？」鴨子問。

「發現這是，」老鼠先生有點生氣地回答，「你總該知道『這』的意思吧。」

「我當然知道『這』是指什麼，當我找到一個東西時，」鴨子說，「『這』指的是隻青蛙或小蟲。問題是，大主教發現了什麼？」

老鼠先生不理會這個提問，急著繼續說下去，「『⋯⋯發現這是明智之舉，應該跟埃德嘉・亞瑟林碰面，將皇冠授予威廉。起初，威廉的舉止還很得宜，但他那種諾曼人的專橫性格⋯⋯』親愛的，妳現在覺得怎麼樣啊？」他邊說邊將頭轉向愛麗絲。

「一樣濕答答的，」愛麗絲憂愁地說，「一點也沒變得比較

乾。」

　　「如果這樣的話，」多多鳥站起來，一本正經地說，「我提議即刻散會，改採更為積極的解決之道……」

　　「講普通話啦！」小鷹說。「那些又臭又長的字我一半以上都聽不懂，而且我猜你自己也不懂！」小鷹說完低頭偷笑，其他鳥也跟著一起竊笑。

　　「我的意思是說，」多多鳥不高興地說，「要把我們弄乾，最好的方法就是舉辦黨團熱身賽跑[4]。」

　　「什麼是黨團熱身賽跑啊？」愛麗絲問。她其實並沒有很想知道，但多多鳥說完話就停了下來，彷彿認為誰該在這時候出來說點什麼，偏偏又沒有其他人想搭話。

　　「這個嘛，」渡渡鳥說，「要解釋清楚的話，最好的辦法就是大家來跑一次。」（也許冬天的時候，你也會想來試試這種賽跑，所以我現在就跟你說多多鳥是怎麼做的。）

　　他先標示出比賽路線，有點像圓圈（「跑道長什麼樣不重要。」他說），接著大家四散站在跑道上。不會有人說「一、二、三，開始」，任何人什麼時候想跑就開始跑，什麼時候想停就停，因此比賽何時算告一段落很難分辨。不過在他們跑了約半個小時以後，大家的身子差不多都乾了。此時多多鳥忽然大喊：

「比賽結束！」大夥兒都圍到多多鳥身邊喘著氣問：「所以是誰贏了？」

多多鳥得好好思索一番才能回答這個問題。他坐在地上，一根指頭放在額頭上（就像我們常常在莎士比亞的畫像上看到的姿勢），其他人則默默地等待。過了很久，多多鳥總算說了：「每個人都是贏家，通通都有獎。」

「誰要來頒獎給我們？」大家齊聲問。

「這，當然就是她嘍。」多多鳥指著愛麗絲說。眾人立刻圍住她，七嘴八舌地喊著：「獎品！獎品！」

愛麗絲不知道該怎麼辦，只好無奈地把手伸進口袋裡，結果拿出一盒糖果（幸好鹽水沒有滲進去），一一分給大家。每隻動物剛好都拿到一顆。

「可是，她自己也該有獎品才對。」老鼠先生說。

「那當然，」多多鳥一本正經地說。「妳口袋裡還有什麼東西？」他朝愛麗絲問。

「只有一枚頂針。」愛麗絲難過地說。

「把頂針拿給我吧。」多多鳥說。

他們又圍在她身邊，多多鳥則慎重其事地把頂針奉上，並說：「請妳收下這枚典雅的頂針吧。」話一說完，所有的動物都

歡呼起來。

　　愛麗絲覺得這件事情從頭到尾都很荒唐，但動物們一臉認真，她不好意思偷笑。一時不知道該說些什麼，只好鞠躬，表情盡可能嚴肅地收下頂針。

　　接著就是要吃糖果了。這件事也引起一場騷動跟混亂。大型鳥類抱怨不夠塞牙縫，小型鳥類的喉嚨則是被糖果噎住，還得其他動物幫忙拍打背部。不過一切總算結束了，大夥兒再次圍成圓圈坐下，請求老鼠先生再講其他故事給他們聽。

　　「你答應過要跟我說你的故事，」愛麗絲說，「就是關於你為什麼痛恨——ㄇ跟ㄍ。」她小聲補充，害怕又惹老鼠先生生氣。

　　老鼠先生轉過身，嘆了口氣對愛麗絲說：「我的故事漫長又悲傷！」

　　「這條尾巴的確很長[5]，」愛麗絲低頭望著老鼠先生的尾巴說，「你為什麼會用悲傷來形容它呢？」她想來想去，想不到答案。以至於老鼠先生說起故事時，聽在愛麗絲的耳中就變成了尾巴的形狀，就像這個模樣：

　　　　　　　　　　　　惡狗名字叫狂怒，
　　　　　　　　　　家裡遇見一隻鼠，
　　　　　　　　咱們一起
　　　　　　　　上法庭，
　　　　　　　　　我要控訴
　　　　　　　　　審判你。
　　　　　　　　　　　任你否認
　　　　　　　　　　　　也沒用，
　　　　　　　　　　　審判絕對
　　　　　　　　　避不了，
　　　　　　　　其實只因為，
　　　　　　　今早閒得慌。
　　　　　　老鼠回惡犬：
　　　　　　　審判根本
　　　　　　　　沒意義，
　　　　　　　　　缺了法官
　　　　　　　　　陪審員，
　　　　　　　你我虛耗
　　　　　　　費時間。
　　　　　　狡詐惡犬說：
　　　　　　　法官陪審
　　　　　　　　皆是我，
　　　　　　審判庭上
　　　　　　　我最大，
　　　　　　　一定送你
　　　　　　　上西
　　　　　　天。

　　「妳根本沒有仔細在聽嘛！」老鼠嚴厲地對愛麗絲說，「妳
在想什麼？」

　　「對不起，」愛麗絲低聲下氣地說：「我想，故事已經來到
第五個彎了吧？」

「哪來的什麼彎啊！」老鼠先生生氣地大叫。

「原來是打結了！」總是樂於助人的愛麗絲焦急地望了望四周。「噢，讓我幫你把結解開吧！」

「夠了！」老鼠先生起身走開。「妳講這些胡說八道的東西簡直是在羞辱我！」

「我不是故意的！」可憐的愛麗絲哀求說：「不過你也實在太容易生氣了吧！」

老鼠先生怒吼了一聲。

「求你回來把故事說完嘛！」愛麗絲朝老鼠先生喊。其他鳥獸也齊聲說：「對啊，拜託嘛！」老鼠先生不耐煩地搖搖頭，腳步還加快了幾分。

「他不留下來實在太可惜了！」在老鼠先生已經走到看不到的地方以後，小鷹嘆了一口氣。

一隻老螃蟹藉這個機會教育女兒：「唉，寶貝啊！這件事告訴我們一個教訓：千萬別亂發脾氣！」

「媽，不要再唸了啦！」年輕的螃蟹不耐煩地說：「就連牡蠣都忍受不了妳這麼囉唆！」

「要是黛娜能在這裡就好了，真的！」愛麗絲大聲說，沒有特別要說給誰聽。「牠一定很快就能把老鼠先生帶回來！」

「冒昧請問一下，黛娜是誰啊？」小鷹問。

說起自己的寵物，愛麗絲可是隨時都準備好要跟別人聊聊，因此熱切地回答：「黛娜是我們家養的貓。牠可是你們連想都想像不到的捕鼠好手呢！噢，要是你們能看見黛娜追捕小鳥的英姿就好了！牠一看到小鳥啊，就會立刻把對方捉來吃掉喔！」

這番談話在鳥獸間引起一陣恐慌。一些鳥兒立刻起身要走：一隻老喜鵲仔仔細細地用翅膀裹住身體，說：「我真的得回家了。夜晚的空氣對我的嗓子不好！」一隻金絲雀用顫抖的聲音大聲呼喚自己的孩子：「走吧，孩子們！你們該上床睡覺了！」大夥兒用各式各樣的藉口離開，現場只留下愛麗絲孤單一人。

「早知道就不提黛娜了！」她難過地自言自語，「這裡似乎沒有人喜歡牠，但我敢說牠是世界上最棒的貓！噢，我的寶貝黛娜！不知道還能不能再見到妳！」可憐的愛麗絲覺得寂寞又沮喪，因此又哭了起來。不久，她再度聽見遠方傳來小小的腳步聲。她急忙抬起頭，希望是老鼠先生回心轉意，回來把故事說完。

4　此處為嘲諷時政的用法，指的是某些政府委員會的成員在黨團會議中四處奔波，想藉此撈點油水，但最後卻一無所獲，只是白忙一場。

5　英文中，故事（tale）和尾巴（tail）發音相同。

4

··

白兔先生派來小比爾

　　來的人是白兔先生。他慢慢地跑回來，神情緊張，彷彿掉了什麼東西。愛麗絲聽見他喃喃自語：「公爵夫人！公爵夫人！我的寶貝爪子啊！我的毛皮跟鬍鬚啊！她肯定會把我處死的，就如同雪貂一樣堅持到底！奇怪，我到底是把它丟在哪裡？」愛麗絲馬上猜到，白兔先生應該是在找那把扇子跟那雙羔羊皮手套。她好心地左看右看，卻都沒看到手套。從眼淚池游出來以後，所有的一切似乎都變了樣，連那座有玻璃桌跟小門的大廳都消失無蹤。

　　白兔先生很快就注意到在找東西的愛麗絲。他生氣地大喊：

「怪了，瑪麗安，妳在這裡幹什麼？快回去，去幫我拿手套跟扇子來！快去！」愛麗絲心裡很害怕，沒有做任何解釋就立刻往白兔先生所指的方向跑過去。

「他誤以為我是他家的女傭，」她邊跑邊對自己說，「等到發現我是誰以後，他一定會嚇一大跳！但我最好還是先幫他把扇子跟手套拿來，如果我找得到的話。」話才剛說完，她就來到一間小巧的房子前，門上釘著一塊閃閃發亮的黃銅名牌，上面刻著「白兔先生」。她門都沒敲就跑進去，匆匆上樓，心裡很害怕會遇見真正的瑪麗安。萬一遇上了，她會在還沒有找到扇子跟手套以前就被趕出去。

「真是太奇怪了，」愛麗絲自言自語，「我竟然在幫一隻兔子跑腿！我看下次就連黛娜都要來指使我了！」她開始揣摩那種情況：「『愛麗絲小姐，過來！該準備去散步了！』『奶媽，我立刻過去！但我得先幫黛娜看著老鼠洞，免得有老鼠跑出來。』不過我想，」愛麗絲繼續說，「如果黛娜開始命令人類做東做西，一定會被趕出家門的。」

這時，愛麗絲走進一間整齊的小房間，窗邊有一張桌子。一如她所期盼的，桌上擺著一把扇子，還有兩、三雙白色的羔羊皮小手套。她拿起扇子跟一雙手套。準備離開時，看見鏡子旁有一

個小瓶子。這一次，瓶子上並沒有寫「喝我」，但愛麗絲還是拔起瓶塞，將瓶子湊到嘴邊。「我知道，」她喃喃自語，「每次不管我吃掉或是喝掉什麼，一定會發生有趣的事情。我要來看看這個瓶子裡的東西有些什麼作用。希望我可以變大，說真的，我已經不想再當小不點了！」

瓶中的藥水真的讓愛麗絲變大了，而且比她預期得還要快：才喝不到半瓶，她就發現自己的頭頂到了天花板，趕緊彎下腰，免得脖子折斷。她馬上放下瓶子，自言自語地說：「夠了，拜託不要再變大了，我出不了門了，早知道就不要喝這麼多！」

唉！來不及啦！她不停變大，不停變大，很快就只能夠跪在地板上。過了一下子，就連跪著的空間都沒有了。愛麗絲試著躺下來，一邊的手肘頂在門上，另一隻手臂抱住頭，但她仍然持續在變大。最後，只好把一隻手伸出窗戶，一條腿往上塞進煙囪，喃喃自語：「極限了，再變大我也沒辦法了，我到底會變成怎麼樣呢？」

幸好，魔法藥水的效力已經全部發揮出來，愛麗絲沒有再變大了。不過這樣的姿勢已經夠讓人不舒服了，而且她看起來再也離不開這個房間，難怪愛麗絲會不開心。

「家裡舒服多了，」可憐的愛麗絲心想，「我既不會老是

變大變小，也不會有老鼠或兔子來指使我。當初要是沒鑽進兔子洞就好了，可是，可是，這種經歷真的很特別！不知道還有什麼其他古怪的事情沒讓我碰上呢！以前讀童話的時候，我總覺得那種事情永遠不會發生，現在我居然掉進一個童話世界裡！應該要有一本關於我的故事書才對，沒錯！等長大以後，我就要來寫一本。但其實我現在就已經長得很大了，」愛麗絲傷心地補上一句，「至少這裡已經沒有能夠容納我，讓我再長大的空間了。」

「可是，」愛麗絲心想，「我的年紀是不是也不會再增長了？某個角度來說也不錯，永遠不會變成老婦人，可是這樣就永遠都得上學！唉唷，我才不想一直上課咧！」

「愛麗絲，妳這個傻瓜！」她回答了自己的問題，「妳在這裡哪能上學？這個小空間連妳都裝不下了，哪還有地方能放那些課本！」

她繼續分飾兩角，跟自己對話。幾分鐘之後，她聽見外頭傳來聲音，於是將注意力轉移過去。

「瑪麗安！瑪麗安！」外頭的人說，「立刻把手套給我拿過來！」接著就聽見樓梯傳來咚咚咚的腳步聲。愛麗絲知道是白兔先生來找自己，嚇得渾身發抖，連房子都跟著搖搖晃晃。她完全忘記自己現在的體形是白兔先生的一千倍，根本用不著怕他。

白兔先生來到門前，正打算開門。但是，由於門是往內推開，而愛麗絲的手肘頂在門上，白兔先生根本打不開門。愛麗絲聽見白兔先生喃喃地說：「那我就換個方向，從窗戶進去。」

　　「作夢！」愛麗絲心想。等了一會兒，彷彿聽到白兔先生來到窗戶下面，她忽然把手伸直，在空中亂抓一把。愛麗絲並沒有抓到什麼東西，只聽見一陣尖叫聲，東西墜落，以及玻璃碎裂的聲音。綜合上述跡象，她判斷白兔先生應該是掉到種黃瓜的玻璃溫室一類的東西上面。

　　接著傳來白兔先生怒氣沖沖的聲音：「派特！派特！你在哪裡啊？」一個愛麗絲沒聽過的聲音冒了出來：「我在這裡！老爺，我正在挖馬鈴薯啊！」

　　「現在都什麼情況了，還在挖馬鈴薯！」白兔先生生氣地說，「來！過來扶我出來！」（傳來更多玻璃碎裂的聲音）

　　「派特，來，你說，窗子裡面是什麼東西？」

　　「是，老爺，顯然是隻手臂！」（他唸成了「手鼻」）

　　「一隻手臂！你這隻笨鵝！天底下哪有這麼大的手臂啊？那東西可是把窗戶都塞滿了呢！」

　　「您說得是，老爺。但那真的是隻手臂啊。」

　　「哼，不管那是什麼，反正那東西不應該出現在那裡。快把

它給我弄走！」

　　之後，是一陣長長的沉默，愛麗絲只聽見偶爾一、兩句話，例如：「是，老爺，我不喜歡這樣，好可怕，好可怕！」「你這膽小鬼！照我說的去做就對了！」最後，愛麗絲又伸長手臂，在空中胡亂抓了一把。這次，她聽見兩個小小的尖叫聲，還有更多玻璃破掉的聲音。「這裡一定有不少溫室！」愛麗絲心想，「不知道他們接下來打算怎麼做！如果是想要把我拉出去，還真希望他們能夠成功！我才不想繼續待在這裡面咧！」

　　她等了一下子，沒有再聽見其他聲音。後來才終於傳來小推車車輪的滾動聲以及嘈雜的人聲。愛麗絲勉強聽清楚幾句話：「另一把梯子在哪裡？……沒，我只帶了一把過來，另一把梯子在比爾那邊……比爾！老弟，把梯子拿來這邊！……這邊，把梯子架在這個角落……不對，要先綁在一起……高度連一半都不到……噢！這樣就夠了，別嫌啦……比爾，這邊！抓住這條繩子……屋頂承受得住嗎？……小心那塊鬆動的瓦片……小心，掉下來了！下面的人小心頭！」（一陣響亮的物品碎裂聲）……「喂，剛才是誰幹的好事？……我猜是比爾吧……誰負責爬下煙囪？……沒，我才不要咧！你去！……那我也不要！……讓比爾下去好了……比爾，這邊！老爺要你從煙囪爬下去！」

「噢！所以是比爾要從煙囪爬下來，對吧？」愛麗絲喃喃地說，「哼，他們大概什麼事情都要比爾去做吧！給再多好處，我都不要當比爾這種人。這個壁爐實在很窄，但我想，我還是可以稍微踢個幾下！」

愛麗絲把塞進煙囪裡的腳盡可能地往下伸。她等啊等，直到聽見一隻小動物（她猜不出是哪種動物）抓啊爬的，慢慢往煙囪的下方移動。於是，她跟自己說：「比爾來了。」她猛地一踢，等著要看接下來會發生什麼事。

愛麗絲聽到的第一個聲音是，大夥兒齊聲喊：「比爾飛出來了！」接著聽見白兔先生說：「站在籬笆旁的那幾個，快接住他！」然後一片靜默，接著又是一片嘈雜聲：「扶住他的頭……快拿白蘭地……別讓他嗆到了……老朋友，還好吧？發生了什麼事？快跟我們講！」

她最後聽見一絲微弱、尖銳的聲音（愛麗絲心想：「一定是比爾。」）：「呃，我也不太清楚……這樣就夠了，謝謝，我現在好多了……但我現在心情還沒有平復下來，沒辦法好好形容……我只知道，有個東西像驚嚇箱裡的小丑一樣朝我彈了過來，我就像枝火箭一樣被射上了天！」

「的確像枝火箭沒錯啊，老朋友！」大夥兒說。

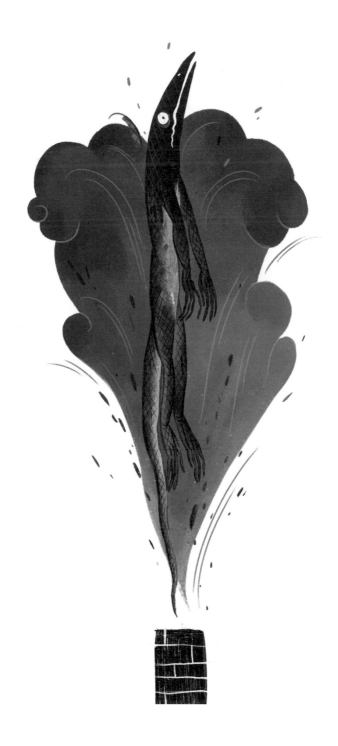

「我們得把房子燒了才行！」白兔先生說。愛麗絲一聽，立刻大叫：「要是你敢的話，我就叫黛娜來咬你們！」

外面忽然都靜了下來，聽不見一點聲音。愛麗絲心想：「不知道他們接下來又要幹什麼！如果他們夠聰明的話，應該把屋頂拆掉才對。」過了一、兩分鐘後，他們又開始走來走去，愛麗絲聽見白兔先生說：「剛開始只要一車就夠了。」

「一車什麼東西啊？」愛麗絲想，還沒來得及懷疑，一大堆小石頭就跟下雨一樣叮叮咚咚地扔進窗戶裡，有些還打中了她的臉。「我要阻止他們，」愛麗絲喃喃說，接著就大喊，「還不快給我住手！」外頭又安靜下來。

愛麗絲驚訝地發現，那些落在地板上的石頭全部都變成了小蛋糕，她腦海裡立刻想到一個主意。「如果我吃下一塊蛋糕，」她心想，「我的身體一定又會有變化。而我猜，因為我沒辦法再變大了，蛋糕應該會讓我縮小。」

愛麗絲吃下一塊蛋糕，接著開心地發現自己果然開始縮小。等到身體小到可以穿過房門，她跑出房子，這才發覺有一大群小鳥跟小動物在外頭守著。可憐的小蜥蜴比爾站在獸群中間，兩隻天竺鼠攙扶著他，同時從一個瓶子裡倒出些東西來讓他喝。愛麗絲一現身，他們全部衝過來。她死命地跑，沒多久，發現自己躲

進一座茂密的樹林中，平安脫身。

在樹林裡徘徊時，愛麗絲自言自語：「我要做的第一件事，就是讓身體變回原本的大小。然後想辦法進去那座漂亮的花園。我想這就是最好的計畫了。」

沒錯，這個計畫聽起來很棒，簡單又有條理。唯一的問題是，愛麗絲根本不知道該怎麼付諸實行。當她焦急地在樹林裡東張西望時，頭頂上忽然傳來刺耳的狗叫聲。愛麗絲趕緊抬頭望去。

一隻體型很大的小狗睜著渾圓的雙眼往下看著她。小狗輕輕地伸出一隻腳掌，想要碰觸愛麗絲。「可愛的小東西！」愛麗絲用逗弄的語氣說，還對他吹口哨，但心裡其實一直都很害怕，擔心小狗說不定餓了，因為如果真的是這樣的話，那麼不管愛麗絲怎麼哄他，小狗還是很有可能把她吃掉。

愛麗絲順手撿起一根樹枝，舉高給小狗看。小狗立刻跳起來，興奮地叫了一聲，朝樹枝衝過去，還作勢要去咬。愛麗絲趕忙躲到一株巨大的薊草後面，以免被小狗撞倒。她從薊草的另一頭出現時，小狗又往樹枝衝過來，匆忙間還摔了個四腳朝天。愛麗絲覺得自己就像在逗弄一匹拉著車的馬，隨時都有被馬踏傷的危險。愛麗絲繞著薊草跑，小狗一次又一次近距離往樹枝衝刺過

來，每次都會跑得太遠，接著又繞回來，同時嘴裡不停發出低吼。小狗總算跑累了，喘著氣坐在遠方，舌頭掛在嘴巴外頭，渾圓的大眼半瞇著。

愛麗絲一看，正是逃走的絕佳時機，立刻往前跑。愛麗絲跑啊跑，跑得筋疲力盡，上氣不接下氣，小狗的叫聲總算遠得幾乎聽不清楚。

「不過他還真是隻可愛的小狗呢！」愛麗絲說。她靠在一株毛莨上休息，用一片葉子搧風。「我想我會很樂意教他一些把戲，如果，如果我的身體恢復成正常大小的話！噢天啊！我差點忘記我得先變回原來的大小了！讓我想想……要怎樣才能變大呢？我猜得先吃或喝點東西吧。但問題是，要吃下或喝掉什麼東西才會變大呢？」

「什麼」的確是個大問題。愛麗絲看了看周遭的花草，就是沒看到在這種情況下應該要吃或喝掉的東西。離愛麗絲不遠的地方有一棵跟她差不多高的巨大蘑菇。她看了看蘑菇的下面，也看了看兩側和後面，接著想到，應該看看蘑菇的上面有沒有什麼東西。

她踮起腳尖，從蘑菇的傘緣往上看，立刻看見一隻巨大的

毛毛蟲。毛毛蟲扠著雙手坐在上頭，平靜地抽著煙管很長的水煙壺，完全不在意愛麗絲或其他事物的存在。

5

....

毛毛蟲的忠告

　　毛毛蟲先生和愛麗絲默默地看了對方好一陣子，最後毛毛蟲先生終於把水煙管從嘴裡拿了出來，用疲倦而慵懶的口吻和愛麗絲說話。

　　「妳是誰啊？」毛毛蟲先生問。

　　這樣的口氣實在不太客氣。愛麗絲怯生生地回答：「先生，我……我現在也不是太清楚……早上起床的時候，我還知道自己是誰。可是後來，我想我的樣子一定變了好幾次。」

　　「妳說這話是什麼意思？」毛毛蟲先生嚴厲地說，「自己把話說清楚！」

「先生，我恐怕解釋不來，」愛麗絲說，「因為我已經不是自己了，你明白我的意思吧？」

「不明白。」毛毛蟲先生說。

「恐怕我沒辦法講得更清楚了，」愛麗絲很有禮貌地回答。「因為我自己也搞不清楚。而且，身體在一天裡面變大又變小好多次，把我都弄糊塗了。」

「人才不會因為這樣就變糊塗呢。」毛毛蟲先生說。

「可能是因為你從來沒有這樣的經驗吧，」愛麗絲說，「但如果有一天你變成了蛹——你知道的，早晚會有這麼一天——而且在那之後變成蝴蝶，我猜你也會覺得有一點怪怪的吧，對不對？」

「完全不會。」毛毛蟲先生說。

「好吧，或許你的感受會有所不同，」愛麗絲說，「我只知道，這種感受對我來說非常地古怪。」

「妳！」毛毛蟲先生輕蔑地說。「妳是誰？」

對話又回到了起點。愛麗絲對毛毛蟲先生如此簡短的言詞有些惱火。她挺起胸膛，一本正經地說：「我想，你應該先告訴我，你是誰。」

「為什麼？」毛毛蟲先生問。

又一個令人困擾的問題。愛麗絲一時想不出什麼好理由，而毛毛蟲先生的心情看起來又非常差，於是她轉身離開。

「回來啊！」毛毛蟲先生在她的背後大喊，「我有一件很重要的事情要跟妳說！」

聽起來挺不賴的。愛麗絲轉身走回來。

「別那麼愛發脾氣嘛。」毛毛蟲先生說。

「就這樣？」愛麗絲盡可能壓下胸中的怒火。

「還有別的事。」毛毛蟲先生說。

由於也沒有其他的事情好做，愛麗絲心想，不如在這裡稍等一會兒，說不定毛毛蟲先生會說些值得一聽的話。毛毛蟲先生又抽了幾分鐘的菸，什麼話也沒講。最後，毛毛蟲放下原本交叉的雙臂，再次把水煙管從嘴裡拿出來，說：「所以妳覺得自己變了，對不對？」

「恐怕就是這樣，先生，」愛麗絲說，「我記不起以前的事情了。而且我會一直變大變小，體形沒有一次可以維持十分鐘！」

「記不起以前的什麼事情呢？」毛毛蟲先生問。

「呃，我本來想背〈忙碌的蜜蜂在做什麼〉，可是背出來的句子完全不對！」愛麗絲的語氣非常難過。

「那就背〈威廉老爹您老啦〉試試吧。」毛毛蟲先生說。

愛麗絲於是十指交握開始背：

年輕兒子問：威廉老爹您老啦，

頭髮早已白如雪，

卻還整天在倒立，

大把年紀怎忍受？

老爹回答當年少，

害怕倒立傷腦袋，

如今既然沒腦袋，

何不多做再多做。

年輕兒子問：威廉老爹您老啦，

明明身體肥又肥，

卻能前空翻進門，

請您告訴我為何？

老爹甩甩他灰髮，

就靠這盒藥，

常保四肢柔又軟，

一盒一先令[6]，低價促銷你兩盒

年輕兒子問：威廉老爹您老啦，

喝粥以外咬不動，

吃鵝卻能啃光光，

請您告訴我為何？

威廉老爹回答當年唸法律，

爭論案件天天來，

下顎肌肉強又壯，

終生咀嚼很有力。

年輕兒子問：威廉老爹您老啦，

眼神竟沉穩如昔，

還能鼻頭頂鰻魚，

您的智慧打哪來？

老爹回答別再囉說，
問東問西煩不煩？
快快滾開，否則老爹
一腳將你踹下樓！

「妳背錯了。」毛毛蟲先生說。

「恐怕錯了一些，」愛麗絲怯生生地說，「有些字詞背錯了。」

「是從頭錯到尾。」毛毛蟲先生的態度很堅決。接著沉默了好一會兒。

毛毛蟲先生先開口。

「妳想變多大？」毛毛蟲先生問。

「噢，多大都沒關係，」愛麗絲急忙回答，「只是不要

這樣一直變來變去就好，你懂吧。」

「我不懂。」毛毛蟲先生說。

愛麗絲什麼也沒說。過去從來沒有誰會像毛毛蟲先生這樣反駁她，她覺得自己快要發脾氣了。

「妳對現在的大小滿意嗎？」毛毛蟲先生問。

「哦，先生，如果你不介意的話，我希望能再大一點，」愛麗絲說，「只有八公分高實在太慘了。」

「這個高度棒極了！」毛毛蟲先生挺起腰身生氣地說（因為他正好八公分）。

「可是我不習慣啊！」可憐的愛麗絲用懇求的語氣說。她同時心想：「真希望這些動物不要那麼容易發脾氣！」

「一段時間以後妳就會適應了。」毛毛蟲先生說。他把水煙管放進嘴裡，又開始抽起了菸。

這一次，愛麗絲耐心等待毛毛蟲先生開口。一、兩分鐘以後，毛毛蟲先生把水煙管從嘴裡拿出來，打了一、兩個哈欠，搖搖頭。接著，毛毛蟲先生爬下蘑菇，爬進草叢中，邊爬邊隨口說：「一邊會讓妳變高，另一邊會讓妳變矮。」

「什麼東西的這一邊？什麼東西的另一邊？」愛麗絲心想。

彷彿聽見愛麗絲的心聲，毛毛蟲先生說：「我指的是蘑

菇。」不久，就消失無蹤。

愛麗絲若有所思地盯著蘑菇看了好一陣子，想搞清楚哪邊會讓她變高，哪邊又會讓她變矮。偏偏蘑菇又是正圓形，這個問題很難處理。不過，愛麗絲最後盡可能地伸長雙手，分別從蘑菇的兩邊各掰了一小塊下來。

「哪邊是哪邊呢？」她喃喃地說，同時咬了一小口右手的蘑菇，試試看有什麼效果。忽然間，感覺下巴被狠狠地撞了一下：原來下巴撞到腳了！

愛麗絲被這個突如其來的效果嚇了一大跳，但她覺得沒有時間猶豫了，因為她正在快速地縮小。她趕緊咬了左手的蘑菇。雖然下巴跟腳背緊緊貼在一起，嘴巴幾乎張不開，最後愛麗絲還是辦到了，順利地吞下去。

*　　　*　　　*

「呼，我的頭終於可以自由活動了！」愛麗絲非常高興。但下一刻，她又變得很驚慌，因為她找不到自己的肩膀。她低頭往下看，只看到長長的脖子從一大片汪洋綠葉中聳立而出，宛如植物的莖幹一般。

「那些綠色的東西是什麼啊？」愛麗絲說，「我的肩膀跑到哪裡去了？噢，還有我可憐的小手，我怎麼看不見你們了？」講話的同時，她動了動自己的雙手，但似乎沒有什麼效果，只看得到遠方的綠葉抖了抖。

　　由於沒辦法用手碰自己的頭，愛麗絲試著將頭往下彎，幸好脖子可以輕易地往四面八方彎來彎去像蛇一樣。她將脖子扭成一個優雅的「之」字形，打算潛進樹葉中，這才發現原來底下不過是剛剛在裡面遊蕩的樹林。突然間，她聽見尖銳的嘶嘶聲，連忙把頭縮了回去。一隻大鴿子朝她的臉飛過來，用翅膀拚命地拍打她。

　　「是蛇！」鴿子女士尖叫。

　　「我不是蛇啦！」愛麗絲生氣地說，「走開！」

　　「妳就是蛇！」鴿子女士又說了一遍，不過這次的語氣比較和緩，而且還伴隨著一聲啜泣。「我已經想盡辦法了，他們就是不肯放過我！」

　　「我根本就不知道妳在說什麼啊。」愛麗絲說。

　　「我試過住在樹根底下，試過住在河岸邊，試過住在籬笆裡，」鴿子女士不理她，自顧自地繼續說下去，「但那些蛇啊！就是不肯放過我！」

愛麗絲越來越搞不清楚狀況，心想講再多也沒有用，只好等鴿子女士自己停下來才行。

　　「好像孵蛋還不夠麻煩一樣，」鴿子女士說，「我還得沒日沒夜地注意大蛇的侵襲！老天，我已經有三個禮拜沒合過眼了！」

　　「聽到妳一直被打擾，我心裡也很難過。」愛麗絲說。她開始弄懂鴿子女士在說些什麼了。

　　「我才剛搬到樹林裡最高的樹上，」鴿子女士把音調拉高，繼續說下去：「我才剛想說終於擺脫掉他們，他們卻從天上彎彎曲曲地來襲！唉呀，該死的蛇！」

　　「可是，我不是蛇啊！」愛麗絲說，「我是……我是……」

　　「好！那妳是什麼？」鴿子女士說，「我知道妳想編故事騙我！」

　　「我……我是一個小女孩。」因為愛麗絲這一整天一直變來變去，因此說這句話的時候有點遲疑。

　　「真敢講！」鴿子女士輕蔑地說：「我這輩子看過很多小女孩，沒有一個小女孩有這麼長的脖子！沒有，一個也沒有！妳明明就是一條蛇，否認也沒用。我猜妳接著就要說自己這輩子從來沒吃過蛋！」

「我當然吃過蛋，」非常誠實的愛麗絲說：「妳也知道，小女孩吃的蛋就跟蛇一樣多。」

「我才不信咧，」鴿子女士說，「如果真的就像妳說的那樣，那我只能說，小女孩也是蛇的一種。」

愛麗絲從來沒聽過這種講法。有一、兩分鐘的時間，愛麗絲安安靜靜地沒說話。鴿子逮到機會補充：「反在妳在找蛋，這點我很清楚。既然如此，妳是小女孩或是蛇，對我來說有什麼差別？」

「對我來說差很多，」愛麗絲急忙說：「事實上我不是在找蛋。就算我真的在找蛋，也不會要妳的蛋。因為我不喜歡吃生蛋。」

「哼！那妳趕快給我滾開！」鴿子女士悶悶不樂地說，說完就飛回自己的窩裡。愛麗絲想盡辦法要在樹林裡蹲下來，脖子卻一直纏到樹枝上，她必須三不五時停下來解開那些樹枝。過了一會兒，愛麗絲才想起自己的手裡還拿著兩塊蘑菇，於是小心翼翼地這塊咬一口，那塊咬一口，身高一下高一下矮，最後，她總算讓自己恢復成原來的大小。

愛麗絲已經好久好久沒有恢復到正常的身高了，一開始覺得有點奇怪，但幾分鐘之後就適應了，又跟往常一樣開始自言自

語。「好，我的計畫完成一半了！這樣變來變去把我都變迷糊了！我永遠都不知道自己下一分鐘會變成什麼樣子！不過我總算恢復平常的大小了。下一個目標，就是進入那座漂亮的花園。不知道應該怎麼做？」說著說著，愛麗絲突然來到一片空曠的地方，裡頭還有一間一百二十公分高的房子。「無論住在裡面的是誰，」愛麗絲心想：「都不能讓他們看見現在的我，否則一定會把他們給嚇壞的！」她開始一小口一小口地吃著右手的蘑菇，直到身高變成二十二公分，愛麗絲才走近那座房子。

6　英國早期貨幣，二十先令可以換一英鎊。

6

小豬和胡椒

愛麗絲盯著房子看了一、兩分鐘，正納悶著該怎麼辦，忽然有個身穿制服的僕人從樹林裡跑出來（她是因為那個人身穿制服，才會認為他是一名僕人。不然的話，單從長相來看，她一定會說他是一條魚），用指關節大力地敲門。另一名一樣身穿制服的僕人打開門。這個僕人有一張圓圓的臉，一雙大大的眼睛，長得就像一隻青蛙。愛麗絲注意到，兩人的頭頂上都戴著鬈曲的灰白色假髮。她很好奇兩人要講些什麼，於是躡手躡腳地離開樹林，到比較靠近他們的地方繼續觀察。

魚僕人從臂彎裡拿出一個大信封，幾乎就跟他的身體一樣

大，把信交給蛙僕人，同時語氣嚴肅地說：「請轉交給公爵夫人。紅心王后邀請她來打槌球。」蛙僕人用同樣嚴肅的語氣複述了一遍，不過把文字的順序改了一下，變成：「紅心王后來信，邀請公爵夫人打槌球。」

兩人接著深深地鞠躬，結果頭髮就交纏在一起了。

愛麗絲忍不住大笑。因為怕他們聽見，趕忙跑回樹林裡。她再次窺看時，魚僕人已經走了，蛙僕人則坐在靠近門口的地上，傻傻地盯著天空。

愛麗絲怯生生地走到門邊敲了敲。

「敲門是沒有用的，」蛙僕人說，「原因有二：第一，因為我跟妳一樣都在門的外面。第二，因為裡面很吵，所以沒有人聽得見妳的敲門聲。」門裡頭的確有非常古怪的噪音——有人不停的哭叫和打噴嚏，不時還夾雜響亮的碎裂聲，彷彿盤子或茶壺被摔成碎片。

愛麗絲問：「那麼，請問要怎麼樣才能進去呢？」

「如果我們之中一人在裡面，一人在外面的話，」蛙僕人沒有理會她，繼續說下去，「妳敲門才有意義。舉例來說，如果妳人在裡面，妳可以敲敲門，我就可以讓妳出來，懂吧？」說話的過程中，蛙僕人總是盯著天空看，愛麗絲覺得他這種行為非常沒

禮貌。「也許不能怪他，」她自言自語地說，「畢竟他的眼睛長得那麼靠近頭頂。不管怎樣，他應該還是能回答我的問題。」她又大聲問了一次：「請問要怎麼樣才能夠進去？」。

蛙僕人說：「明天之前，我都會坐在這裡⋯⋯」

就在這個時候，門打開了，一個巨大的盤子從裡面飛出來，筆直地朝蛙僕人的頭部飛過去。盤子擦過蛙僕人的鼻子，砸在背後的一棵樹上，裂成了碎片。

「⋯⋯說不定還得坐到後天呢。」蛙僕人用同樣的語氣繼續說，彷彿剛剛沒有發生任何事情。

「我要怎麼樣才能進去？」愛麗絲又大聲地問了一次。

「妳要知道，」蛙僕人說，「妳應該先問，妳可不可以進去？」

的確如此，但是愛麗絲不喜歡別人藉此教訓她。「真討厭，」她喃喃地說，「這些動物討論問題的方式真是快把人給逼瘋了！」

蛙僕人似乎覺得這是重複剛剛說過的話的好機會，稍微更改了一下說詞再度開口：「我要持續不斷、一天又一天地坐在這裡。」

「那我要做什麼呢？」愛麗絲問。

「想做什麼就去做啊。」蛙僕人說完就開始吹口哨。

「算了，跟他說話一點意義也沒有，」愛麗絲絕望地說，「他根本就是個徹徹底底的傻瓜！」於是她打開門走了進去。

門裡是一間很大的廚房，裡面滿是煙霧。公爵夫人正坐在屋子中間的一張三腳凳上照顧嬰兒，廚娘則在爐火旁攪拌一個似乎裝滿了湯的大鍋。

「湯裡肯定加了太多的胡椒！」愛麗絲邊猛打噴嚏邊說。

廚房的空氣裡滿是胡椒的嗆鼻味，連公爵夫人都在打噴嚏，嬰兒則是不停地打噴嚏或哭叫。廚房裡唯一沒有打噴嚏的是廚娘，以及一隻趴在壁爐旁，咧開大嘴在笑的貓。

「請問一下，」愛麗絲的語氣有點畏縮，因為她不確定自己先開口說話會不會不禮貌。「為什麼妳養的貓會有那麼奇怪的笑容呢？」

「因為那是一隻柴郡貓啊！」公爵夫人說，「豬！」

說出最後那個字時，公爵夫人的語氣忽然變得很凶，嚇得愛麗絲跳了起來。後來，她發現公爵夫人是在跟那個嬰兒說話，不是在罵她，於是她鼓起勇氣繼續說：

「我不知道柴郡貓會那樣咧著嘴笑。事實上，我不知道原來貓咪會笑。」

「貓咪都會咧嘴笑，」公爵夫人說，「而且大部分都在咧嘴笑。」

「我沒見過會咧嘴笑的貓。」愛麗絲彬彬有禮的說。她對終於能跟人交談覺得很開心。

「事實上，」公爵夫人說，「是妳見識太淺了。」

愛麗絲一點也不喜歡公爵夫人說這句話的口氣，心想最好換個話題。正在想怎麼找話題時，廚娘把那一大鍋湯從爐火上端下來，接著將手邊能拿到的東西扔往公爵夫人跟那個嬰兒。先是火鉗，再來是一大堆的平底鍋、盤子跟碟子。公爵夫人完全不理會，就連被丟中了也絲毫不在意，嬰兒本來就哭叫得很慘，因此沒辦法知道他究竟有沒有被丟到。

「喂！拜託妳注意一點好不好！」愛麗絲擔心得直跳腳。「哎呀！當心他的寶貝鼻子！」只見一個碩大無比的平底鍋飛往嬰兒的鼻子，差一點點就砸到了。

「如果每個人都管好自己，不去管他人的閒事，」公爵夫人聲音沙啞的低吼，「世界運轉的速度就會快得多啦。」

「這可不是什麼好事，」愛麗絲說。她對於有機會炫耀一下知識感到非常得意。「想想看，日夜會因為這樣而大亂的！地球繞著地軸自轉一周得花二十四小時，妳想想看……」

　　「砍什麼砍啊，」公爵夫人說，「砍掉她的頭[7]！」

　　愛麗絲緊張地看著廚娘，看她會不會真的動手，但廚娘只是忙碌地攪著湯，似乎沒在聽她們說話，於是繼續說：「我想應該是二十四小時吧，還是十二小時呢？我……」

　　「唉唷，別煩我了，」公爵夫人說，「一聽到數字我就會覺得很煩！」說完她又開始唱搖籃曲哄嬰兒，每唱完一句，就會用

力搖晃他一下：

男孩男孩你欠罵，

一打噴嚏我就揍，

因為你是在搗蛋，

覺得這樣很好玩。

合唱。

（廚娘和嬰兒齊聲附和）

哇！哇！哇！

唱第二段時，公爵夫人不停大力地把嬰兒拋上拋下，可憐的
寶寶嚎啕大哭，讓愛麗絲幾乎聽不清楚歌詞：

男孩男孩你欠訓，

一打噴嚏我就揍，

明明只要你想要，

胡椒根本沒在怕！

合唱。

哇！哇！哇！

「接住！如果妳願意，幫我哄哄他吧！」公爵夫人對愛麗絲說，同時把寶寶扔給她。「我得準備出門跟紅心王后打槌球。」說完她匆匆離開了房間。公爵夫人出門時，廚娘朝她丟了一個平底鍋，不過沒丟中。

愛麗絲好不容易才接住寶寶，因為這個小傢伙的身形很奇怪，雙手雙腳還往四面八方踢來踢去。「真像隻海星。」愛麗絲心想。接過這個可憐的小傢伙時，他的鼻子像蒸汽引擎般不停噴著氣，身體一會兒停彎曲，一會兒又伸展，扭來扭去一、兩分鐘，愛麗絲只能用盡力氣抱住他，沒辦法做其他事情。

在找到抱這個寶寶的正確方式以後（把他像打結一樣地捲起來，緊緊抓住右耳跟左腳，讓他沒有辦法掙脫開來），愛麗絲把寶寶帶到屋外。「如果我不把這個孩子帶走，」愛麗絲心想，「過沒兩天就會被折磨死。」於是她大聲地說：「如果就這樣把他丟在這裡，不就跟殺人沒兩樣嗎？」小傢伙發出嘎嘎的聲音回應（他這個時候已經沒在打噴嚏了）。「不要發出嘎嘎的聲音啦，」愛麗絲說，「一般人說話才不是像這樣咧。」

寶寶又開始發出嘎嘎聲，愛麗絲很緊張地盯著他的臉，想看看他是不是哪裡不舒服，結果發現寶寶有個朝天鼻，不像人倒像豬。以嬰兒來說，他的眼睛也小得很誇張。愛麗絲實在不喜歡這

個寶寶的模樣。「說不定他只是在哭而已。」她心想，又仔細盯著寶寶的眼睛，看看裡頭是不是有眼淚。

沒有，眼睛裡沒有淚水。「親愛的，如果你打算變成一頭豬的話，」愛麗絲認真地說，「我就再也不管你了。聽懂沒！」可憐的小傢伙又開始啜泣（或是發出嚄嚄聲，兩種聲音實在太像，很難分辨），兩人有好一陣子沒有再發出聲音。

愛麗絲心裡正在想：「回家以後，我該拿這個小傢伙怎麼辦呢？」寶寶又開始發出嚄嚄聲，而且聲音很響，愛麗絲有些驚慌地低頭看看他的臉。這一次她絕對沒看錯：懷中的寶寶確確實實是一隻豬。愛麗絲覺得如果再像剛剛那樣繼續抱著他往前走，那就太荒謬了。

愛麗絲把小豬放下來。看他安靜地跑進樹林，才鬆了一口氣。「如果他長大的話，」她對自己說，「一定會變成一個超醜的小孩。但以豬來說，我想他應該算長得挺帥的。」愛麗絲開始回想自己認識的那些孩子，看看哪些孩子比較適合當豬，正在喃喃自語：「如果知道該怎麼把他們變成豬的話……」此時，突然看到柴郡貓趴在幾公尺外的大樹上，嚇了一跳。

看到愛麗絲的柴郡貓只是咧著嘴笑。她心想，雖然柴郡貓的脾氣看起來很溫和，卻長了長長的爪子和尖尖的牙，因此愛麗絲

覺得應該要以禮相待。

「柴郡貓先生，」愛麗絲怯生生地開口，因為完全不知道他喜不喜歡這個名字。不過他的嘴卻咧得更開了一些。「還好，目前為止看起來都還滿開心的，」愛麗絲心想，於是繼續說：「可以請你告訴我，接下來應該往哪裡走嗎？」

「得看妳想去哪裡。」柴郡貓先生說。

「哪裡都好……」愛麗絲說。

「那走哪一條路都沒差。」柴郡貓先生說。

「……只要能到某個地方就好。」愛麗絲補充。

「噢，沒問題，」柴郡貓先生說，「只要走得夠遠，總會到達。」

愛麗絲覺得沒辦法反駁他的論點，試著改變話題。「這附近都是住些怎麼樣的人啊？」

「那個方向的話，」柴郡貓揮了揮右爪。「住著一個瘋狂帽客。那個方向的話，」柴郡貓揮了揮左爪。「住著一隻三月兔。想見誰就去吧，反正他們都是瘋子。」

「我才不想跟瘋子待在一起。」愛麗絲說。

「唉呀，沒辦法啦，」柴郡貓說，「我們這裡全都是瘋子。我是瘋子，妳也是瘋子。」

「你怎麼知道我是瘋子？」愛麗絲說。

「妳一定是瘋子，」柴郡貓先生說，「不然不會來這裡。」

愛麗絲不置可否，不過她還是繼續說：「那你怎麼知道你自己瘋了？」

「首先，」柴郡貓先生說，「狗兒不瘋，對吧？」

「應該是吧。」愛麗絲說。

「好，那麼，」柴郡貓先生繼續說，「妳想，狗生氣的時候會低吼，開心的時候會搖尾巴。而我呢，則是開心的時候低吼，生氣的時候搖尾巴。所以我才說我瘋了。」

「我認為貓是發出呼嚕聲，不是低吼。」愛麗絲說。

「想用什麼詞彙形容隨妳開心，」柴郡貓先生說，「妳今天跟紅心王后打過槌球了嗎？」

「我很想去，」愛麗絲說，「但是王后沒有邀請我。」

「我們槌球場見。」柴郡貓先生說完這句話就消失了。

愛麗絲並沒有很驚訝，她已經對這些稀奇古怪的事情習以為常。她盯著柴郡貓先生原本所在的地方，結果他又忽然出現了。

「順便問妳一下，那個寶寶後來怎麼樣了？」柴郡貓先生說，「我差點就忘記這件事了。」

「寶寶後來變成了一頭豬。」愛麗絲平靜地說，彷彿柴郡貓

先生二度現身的方式再平凡不過。

「我就想說應該是這樣。」柴郡貓先生說完就又消失了。

愛麗絲在原地稍微等了一下，有點希望能再見到柴郡貓先生，但他卻沒有再出現。過了一、兩分鐘以後，她開始朝三月兔住的地方走去。「我以前有見過其他瘋狂帽客，」她自言自語地說，「三月兔一定比較有趣。而且現在是五月，說不定他不會那麼瘋狂，至少沒三月時那麼瘋。」說到這裡，愛麗絲抬起頭，柴郡貓先生又一次出現在一根樹枝上。

「妳剛剛是說『豬』還是『鼠』啊⁸？」柴郡貓說。

「我說的是『豬』，」愛麗絲回答。「我希望你不要再這樣突然出現又突然消失，會讓我頭昏眼花。」

「好吧。」柴郡貓先生說。這一次，他消失的速度很慢。先消失的是尾巴，最後消失的則是笑容，直到其他部位都消失以後還在空中殘留了一陣子。

「哇！我經常看見沒有笑容的貓，」愛麗絲心想，「還是第一次看到沒有貓的笑容！這真是我這輩子看過最奇妙的東西了！」

沒有走多遠，愛麗絲就看到三月兔的家。她認為自己的想法肯定沒錯，因為那棟房子有兔耳朵造型的煙囪，屋頂還覆蓋了

一層兔毛。那是一間很大的房子，因此愛麗絲先吃了點左手裡的蘑菇，把身高變成約六十公分以後才走近。可是她還是有些害怕，告訴自己：「說不定他還是很瘋！早知道還不如去找瘋狂帽客！」

7　愛麗絲說的是軸心（axis），公爵夫人說的是斧頭（axes）。
8　原文為：「妳剛剛是說『豬』（pig）還是『無花果』（fig）啊？」pig和fig英文發音相近。

7

瘋狂下午茶

　　屋前樹下擺著一張桌子，三月兔和瘋狂帽客正在桌邊喝茶，一隻睡鼠在兩人之間沉沉地睡著。他們將睡鼠當成軟墊，把手肘靠在他的身上，彼此隔空交談。「睡鼠一定很不舒服，」愛麗絲心想，「不過既然睡著了，應該不會介意吧。」

　　桌子很大，但三個人卻都擠在一個角落。「沒位子啦！沒位子啦！」他們看見愛麗絲靠近時大喊。

　　「明明就很空！」愛麗絲生氣地說，隨即在桌子一頭的大扶手椅上坐下去。

　　「喝點酒吧。」三月兔殷勤地說。

愛麗絲東看西看，桌上除了茶以外什麼也沒有。「我沒有看到酒啊。」她說。

　　「是沒有。」三月兔說。

　　「那你還說要請我喝酒，這樣很沒禮貌耶。」愛麗絲生氣地說。

　　「妳不請自來，還大搖大擺坐下來，也很沒禮貌。」三月兔說。

　　「我又不知道這張桌子是你的，桌子那麼大，只坐你們三個，」愛麗絲說，「還有好多空位呢。」

　　「妳的頭髮該剪了。」瘋狂帽客說。他好奇地盯著愛麗絲看了好一陣子，這是他第一次開口說話。

　　「你應該學著不要當面批評別人，」愛麗絲有點嚴肅地說，「這樣很沒禮貌。」

　　聽到這句話，瘋狂帽客就把眼睛張得很大，嘴裡卻說：「烏鴉為什麼長得像寫字桌呢？」

　　「啊哈，總算有點有趣的事情了！」愛麗絲心想，「真高興他們要開始玩猜謎遊戲。」愛麗絲大聲附和：「我一定猜得出來。」

　　「妳的意思是說，妳以為妳猜得到謎底？」三月兔說。

「沒錯。」愛麗絲說。

「那妳應該要說妳想的。」三月兔繼續說。

「我有啊，」愛麗絲急忙回答：「至少……至少我想的就是我說的……兩句話的意思明明就一樣。」

「根本不一樣！」瘋狂帽客說：「照妳這樣講，『我看見我吃的東西』和『我吃我看見的東西』意思也一樣嘍！」

「照妳這樣講，」三月兔也說，「『我喜歡我拿到的東西』和『我拿到我喜歡的東西』意思也一樣嘍！」

「照妳這樣講，」睡鼠彷彿講夢話似的說，「『我睡覺的時候呼吸』和『我呼吸的時候睡覺』意思也一樣嘍！」

「對你來說是一樣沒錯。」瘋狂帽客對著睡鼠說。對話到此暫時停了下來。大夥沉默了一分鐘，彼此沒說話。愛麗絲努力回想烏鴉和寫字桌之間的關聯，卻想不出個所以然。

先打破沉默的人是瘋狂帽客。「今天是幾號啊？」他轉向愛麗絲說。他掏出懷錶，神色不安地看著錶面，不時還把錶搖一搖，放到耳朵旁聽。

愛麗絲想了一下，然後回答：「四號。」

「誤差了兩天！」瘋狂帽客嘆了一口氣，「早跟你說不能塗奶油吧！」他生氣地看著三月兔。

「那是頂級的奶油耶。」三月兔畏畏縮縮地回答。

「是沒錯，可是裡面一定混進了一些麵包屑，」瘋狂帽客抱怨：「你不應該用麵包刀去抹奶油的。」

三月兔接過懷錶，一臉沮喪地看著。然後把懷錶放進茶杯裡泡一泡，又拿出來，再次盯著錶看。除了最早的那句，也想不出什麼別的好說了：「可是你知道，那是頂級的奶油耶。」

愛麗絲越過他的肩膀，一直好奇地看著：「這只錶真有趣！」她說，「上面標示的是日期而不是幾點鐘耶！」

「要知道幾點幹麼？」瘋狂帽客喃喃地說，「妳的錶會告訴妳今年是哪一年嗎？」

「當然不會，」愛麗絲毫不猶豫地回答：「因為長長的一整年都是同一年分啊。」

「這就是讓我困擾的地方。」瘋狂帽客說。

愛麗絲完全弄糊塗了。雖然瘋狂帽客講的是英語，聽起來卻毫無意義。「我聽不太懂你在講什麼。」她盡可能禮貌地說。

「睡鼠又睡著了。」瘋狂帽客說，然後在他的鼻頭上倒了點熱茶。

睡鼠不耐煩地甩了甩頭，眼睛也沒睜開，嘴裡說：「當然，當然，我才正想要這麼說呢。」

「妳猜到謎底了嗎？」瘋狂帽客又轉身問愛麗絲。

「沒有，我放棄，」愛麗絲回答。「答案是什麼？」

「完全沒頭緒。」瘋狂帽客說。

「我也是。」三月兔說。

愛麗絲不耐煩地嘆了口氣：「我認為你們應該好好珍惜時間，」她說，「不要浪費在問些沒有答案的謎題。」

「如果妳像我一樣跟時間這麼熟，」瘋狂帽客說，「妳就不會說浪費『它』。而是浪費『他』[9]。」

「我不懂你的意思，」愛麗絲說。

「妳當然不懂！」瘋狂帽客輕蔑地甩甩頭，說：「我敢說妳一定沒跟時間說過話！」

「或許沒有，」愛麗絲小心翼翼地回答，「但是上音樂課的時候，我學到要怎麼打拍子[10]。」

「啊！怪不得，」瘋狂帽客說，「時間不能接受有人打他。瞧，如果妳跟他維持良好的關係，妳想要現在是幾點，他幾乎都能幫妳辦到。舉例來說，假設現在是早上九點，該開始上課了，妳只要給他一點暗示，時間會立刻讓錶多繞幾圈！馬上變成下午一點半，正是該吃午餐的時候！」

（「真希望現在就是吃飯時間。」三月兔輕聲地說。）

「這樣當然很棒，」愛麗絲想了想，「不過到那時候，你知道，我應該還不會餓吧。」

「一開始或許不餓，」瘋狂帽客說，「但是，只要妳高興，妳可以一直把時間維持在下午一點半。」

「你都是這麼做的嗎？」愛麗絲問。

瘋狂帽客悲痛地搖搖頭：「我已經不能這麼做了！」他回答：「去年三月，」他用湯匙指著三月兔，「在他發瘋之前，我跟時間吵了一架。那是在紅心王后舉辦的音樂會上。當時他們要我唱：

　　　　一閃一閃亮晶晶！

　　　　滿天都是小蝙蝠！

妳知道這首歌嗎？」

「我聽過類似的歌。」愛麗絲說。

「那妳應該知道，」瘋狂帽客繼續說，「接下來是這樣唱——

　　　　掛在天上飛呀飛，

　　　　好像許多小托盤。

　　　　一閃一閃……

此時睡鼠搖了搖頭，邊睡邊跟著唱起來：「一閃一閃，一閃一閃……」而且唱個不停，逼得他們只好動手招他，睡鼠才停下來。

「唉，我第一段都還沒唱完呢，」瘋狂帽客說，「紅心王后就跳起來大喊：『他拍子都沒唱準，根本就是在謀殺時間！砍掉他的頭！』」

「也太殘忍了吧！」愛麗絲驚叫出聲。

「在那之後，」瘋狂帽客繼續用悲痛的語調說，「時間就再也不肯幫我的忙了！如今隨時都是六點鐘。」

愛麗絲突然懂了。「這就是為什麼這裡擺這麼多茶具的原因嗎？」她問。

「沒錯，」瘋狂帽客嘆了一口氣，「時間永遠停留在下午茶時間，我們根本沒有時間去洗這些午茶用具。」

「所以我猜，你們得不停換位置嘍？」愛麗絲說。

「就是這樣，」瘋狂帽客說，「我們只能換下一套茶具。」

「但是，等你們回到一開始的位置的時候，那會怎樣？」愛麗絲大膽發問。

「換個話題吧，」三月兔邊打哈欠邊打斷他們的談話。「這個話題我已經聽膩了。我提議讓這個年輕女士說個故事給我們

聽。」

「恐怕我一個故事也想不出來。」這個提議讓愛麗絲很驚慌。

「那就叫睡鼠講！」他們同時大叫，「快起來啊，睡鼠！」同時捏了睡鼠一把。

睡鼠緩緩睜開雙眼。「我醒著，」他有氣無力，聲音嘶啞地說，「你們剛剛說的每一個字我都有聽見。」

「講個故事給我們聽！」三月兔說。

「對啊，求求你嘛！」愛麗絲哀求著。

「而且不要太長，」瘋狂帽客補充：「不然故事還沒說完你就睡著了。」

「很久很久以前，有三個小姊妹，」睡鼠急急忙忙地開始：「她們的名字分別叫做愛希、蕾西跟緹莉[11]。她們住在一口井的井底……」

「那她們要吃什麼？」對飲食永遠充滿興致的愛麗絲問。

「她們靠神奇井水過日子[12]。」睡鼠想了一、兩分鐘後回答。

「不可能只靠吃糖漿過活，」愛麗絲溫和地批評：「那樣會生病的。」

「她們的確生病了，」睡鼠說，「而且病得很重。」

愛麗絲試著在腦海裡想像那會是怎麼樣的日子，卻感到困惑不解，於是她繼續問：「為什麼她們會住在井底呢？」

　　「多喝點茶吧。」三月兔誠懇地對愛麗絲說。

　　「我連一口茶都還沒喝呢，」愛麗絲不高興地說，「所以我沒辦法『多』喝點。」

　　「妳的意思是妳沒辦法『少』喝點，」瘋狂帽客說，「在什麼都還沒喝的情況下，要『多』喝點茶很容易。」

　　「你不說話，沒人會把你當啞巴。」愛麗絲說。

　　「看看現在是誰在當面批評別人啦？」瘋狂帽客得意地說。

　　愛麗絲不知道如何回嘴，只好為自己倒了點茶，取了奶油和麵包，然後轉向睡鼠，重複剛才的問題：「她們為什麼會住在井底呢？」

　　睡鼠又花了一、兩分鐘想了一下，然後才回答：「那是一口神奇井水。」

　　「世界上才沒有這種井咧！」愛麗絲突然很生氣，但瘋狂帽客跟三月兔同時發出「噓！噓！」聲，睡鼠也悶悶不樂地說：「妳再這麼沒有禮貌的話，接下去都讓妳說好了。」

　　「喔不，請繼續吧！」愛麗絲低聲下氣地說，「我不會再打岔了。我敢說世界上說不定真有這樣一口井存在呢。」

「當然有嘍！」雖然忿忿不平，睡鼠還是繼續說下去。「所以這三個小姊妹，妳知道的，她們在學汲取……」

「她們都汲取些什麼東西啊？」愛麗絲忘記自己的承諾，又發問了。

「神奇井水。」睡鼠這次想都沒想就回答了。

「我想換一個乾淨的杯子，」瘋狂帽客出聲打斷。「我們再挪到下個位子去吧。」

說話的同時，瘋狂帽客已經換了位子，睡鼠也跟著行動。由於三月兔坐到睡鼠的位子，愛麗絲只好不情願地換到三月兔的位子。這次換座位，只有瘋狂帽客占了便宜。愛麗絲的位子則比剛才還糟糕，因為三月兔剛剛打翻牛奶，牛奶濺到了盤子裡。

愛麗絲不想再冒犯睡鼠，因此她說話很小心：「可是我不懂，她們要吃的糖漿是怎麼來的啊？」

「我們可以從水井裡打水，」瘋狂帽客說，「所以我想我們應該也能從糖漿井裡汲取出糖漿吧，是不是啊，傻瓜？」

「但她們是住在井裡耶。」愛麗絲不理會瘋狂帽客的批評，問了睡鼠這個問題。

「沒錯，」睡鼠說，「而且住在很深的地方。」

可憐的愛麗絲被睡鼠的回答弄迷糊了。在睡鼠繼續說故事

時，她有一段時間都沒有出聲打斷。

「她們在汲取各種東西，」睡鼠邊繼續說邊打哈欠、揉眼睛，因為他很睏很睏。「她們會汲取各種東西，只要那東西是ㄔ開頭的……」

「為什麼是ㄔ開頭的？」愛麗絲問。

「ㄔ開頭有什麼不好？」三月兔說。

愛麗絲沒再多說什麼。

這一次，睡鼠閉上眼睛，打起瞌睡，但在被瘋狂帽客捏了一下以後，他發出小小聲的尖叫，又醒了過來，繼續說下去：「……是ㄔ開頭的，例如鏟子、潮水、唱歌、差不多[13]──你們知道，我們常會說這幾個東西都『差不多』──但妳曾看過有人能汲取一個『很多』嗎？」

「真的，要不是你問我，」愛麗絲非常困惑地說，「我還真沒想過……」

「那妳就別開口說話。」瘋狂帽客說。

這句無禮的話惹惱了愛麗絲。她滿心憤怒地起身，離開了茶會。睡鼠立刻又睡著了，而另外兩人根本沒注意到她離開。不過她三番兩次回頭，希望他們會叫住她。最後一次回頭時，他們正在試著把睡鼠塞進茶壺裡。

「不管怎麼樣，我都不會再回去了！」愛麗絲走進樹林的時候說。「那真是我這輩子參加過最愚蠢的茶會了！」

　　說這句話的同時，她注意到一棵樹的樹幹上有一道門。「也太奇妙了吧！」她心想，「今天遇到的任何事情都很奇怪。我想我應該先進去看看再說。」說著說著就走了進去。

　　她發現自己又回到先前那座狹長的大廳，旁邊就是那張小

小的玻璃桌。「這次我一定能做得更好。」她自言自語，接著拿了那把金色小鑰匙，打開通往花園的門。然後小口小口地吃蘑菇（她一直把一小塊蘑菇放在口袋裡），直到身高只剩下三十公分，終於走進那條小通道，接著──她發現自己總算進入了那座有著鮮豔花朵跟沁涼噴泉的美麗花園。

9　英文中無生命的它（it）跟男性的受詞（him）的發音截然不同，中文則一樣。
10　原文為beat time，意思是「打拍子」，直譯的話就成了「打時間」。
11　影射真實世界的愛麗絲家三姊妹。愛希（Elsie）是L.C.，也就是大姊Lorina Charlotte；緹莉（Tillie）是小妹Edith的小名Matilda的暱稱；蕾西（Lacie）則是字母重新排列組合的Alice（愛麗絲）。
12　睡鼠說的treacle指神奇井水，又有糖漿的意思。這一整章都在製造「雞同鴨講」的趣味。
13　原文為m開頭，相關單字為mouse-trap（捕鼠夾）、moon（月亮）、memory（記憶）跟muchness（用來指稱數量的多寡）。

8

紅心王后的槌球場

　　花園的入口有一棵大玫瑰樹，樹上開著白玫瑰，卻有三個園丁正在忙著把花漆成紅色。愛麗絲覺得這件事情很奇怪，靠過去看。才剛過去，就聽見其中一個園丁說：「黑桃五，你小心一點！別把顏料弄到我身上！」

　　「又不是我的錯，」黑桃五生氣地說，「是黑桃七撞到我的手肘。」

　　聽到這句話，黑桃七抬起頭來：「對對對，你說得都對！黑桃五，你老喜歡把過錯都往別人身上推！」

　　「你最好閉上自己的嘴！」黑桃五說，「我昨天才聽見紅心

王后說，應該把你的頭砍掉！」

「為什麼？」一開始說話的人問。

「關你什麼事啊，黑桃二！」黑桃七說。

「怎麼會沒有關係！」黑桃五說：「所以我要跟他講──因為黑桃七本來應該要送洋蔥過去給廚師，結果送錯，送成了鬱金香球莖。」

黑桃七扔掉刷子，才剛開始說：「哼，所有這些不合理的事……」時，視線就落到了盯著他們看的愛麗絲身上，馬上閉嘴。另外兩個人也轉過頭來，三人一同深深一鞠躬。

「請問一下，」愛麗絲有點怯生生地問：「為什麼你們要把這些花漆成紅色呢？」

黑桃五跟黑桃七一句話也沒說，只是望著黑桃二。黑桃二低聲地說：「小姐，是這樣的，這裡應該要種紅色玫瑰樹，結果我們搞錯，種成了白色玫瑰樹。如果紅心王后發現，我們三個的頭就要落地了，懂吧？所以呢，小姐，我們正在趕工，要趕在她來這裡之前，早一步……」此時，一直焦急地左看右看的黑桃五大喊：「王后來啦！王后來啦！」三個園丁立刻臉朝下趴在地上。現場出現嘈雜的腳步聲，愛麗絲趕快回頭，想看看紅心王后到底長什麼樣。

先現身的是十名身上印有撲克牌梅花圖案的士兵。他們的外形都跟三名園丁一樣，長方形的身體扁扁的，四個角落長著手和腳。接著登場的是十位大臣，身上到處都看得到方塊，而且跟士兵一樣兩兩一組前進。後面跟著的是十個渾身衣飾都看得到紅心的王室子女。這些可愛的孩子手牽著手，開開心心蹦蹦跳跳地雙雙來到。接著上場的是賓客，大部分都是國王跟王后。此時，愛麗絲注意到白兔先生也在裡面，慌慌張張地說著話，無論別人跟

他說什麼都微笑以對。從愛麗絲身邊經過時，白兔先生沒有注意到她。接著出現的是紅心傑克[14]，雙手捧著深紅色天鵝絨軟墊，上面擺著王冠。出現在這個浩蕩隊伍最後的，則是紅心國王和紅心王后。

愛麗絲不確定自己是不是應該跟三個園丁一樣趴下，但她不記得有這種「看見王室隊伍經過時要趴下」的規矩。她心想：「而且，如果大家每次看到王室隊伍都要臉貼地趴下，這樣出巡有什麼作用，大家都看不到不是嗎？」於是站在原地等待。

出巡隊伍來到愛麗絲面前時，所有人都停下腳步看著她。紅心王后口氣嚴厲地質問侍從：「這個人是誰？」但紅心侍從只是微笑鞠躬作為回應。

「笨蛋！」紅心王后不耐煩地搖搖頭，朝愛麗絲問，「孩子，妳叫什麼名字啊？」

「回陛下，我叫做愛麗絲。」愛麗絲彬彬有禮地說。私底下卻想，「他們不過是一疊撲克紙牌而已，根本不用怕他們！」

「那這些人又是誰？」紅心王后指著趴在玫瑰樹前的三名園丁問。因為呢，你看，他們的臉都朝向地面，背後的圖案又跟其他紙牌沒兩樣，紅心王后根本分辨不出這三個人是園丁、士兵、朝臣，還是自己的小孩。

「我哪會知道啊？」愛麗絲很訝異自己哪來的膽子，竟敢這樣跟紅心王后說話。「關我什麼事？」

紅心王后氣得臉都紅了，像野獸般瞪著愛麗絲好一陣子，尖叫：「砍掉她的頭！砍掉⋯⋯」

「胡說！」愛麗絲堅決地大聲回應，紅心王后愣得不發一語。

國王把手放在紅心王后的手臂，戰戰兢兢地說：「親愛的，妳想想，她不過是個孩子啊！」

紅心王后生氣地走開，對紅心傑克說：「把那幾個人翻過來！」

紅心傑克於是用腳小心翼翼地一一將他們翻面。

「起來！」紅心王后尖聲大叫。三名園丁立刻跳起身子，對國王、王后、王室子女及眾人鞠躬。

「夠了夠了！」紅心王后大叫，「我看得頭都暈了。」她接著轉身面向玫瑰樹說：「你們在這裡做什麼啊？」

「回陛下，」黑桃二單腿跪下，十分謙卑地說，「我們正試著要⋯⋯」

「看到了！」她仔細地檢查了那些玫瑰。「砍掉他們的頭！」王室隊伍繼續前進，三名士兵留在原地，準備要對不幸的

園丁們動刑，而三名園丁則跑過去找愛麗絲，希望她能夠保護他們。

「你們絕對不會被砍頭的！」話一說完，愛麗絲就把他們藏進附近的一個大花盆裡。三名士兵尋找一、兩分鐘，就靜悄悄地跟在隊伍後面走了。

「已經把他們的頭都砍掉了嗎？」紅心王后大喊。

「啟稟陛下，已經看不見他們的頭了！」士兵們大聲回覆。

「很好！」紅心王后大喊，「妳會打槌球嗎？」

士兵沒有說話，只是盯著愛麗絲看，因為紅心王后顯然是在問她。

「會！」愛麗絲大喊。

「那就一起來吧！」紅心王后大吼。愛麗絲於是加入隊伍的行列，很好奇自己接下來會遇到些什麼事。

「天氣……天氣真好！」有人怯生生地在她身旁說。原來走在一旁的人是白兔先生。白兔先生緊張地偷瞄她的臉。

「真的很不錯，」愛麗絲說，「怎麼沒看到公爵夫人？」

「噓！噓！」白兔先生急忙低聲說。他慌張地回頭張望，踮起腳尖對著愛麗絲耳語：「她被判死刑了。」

「為什麼？」愛麗絲問。

愛麗絲覺得非常不安。當然，她還沒有跟紅心王后有過什麼爭執，但她知道這件事隨時都可能發生，因此心想：「如果真的發生了，我會有什麼下場呢？這裡的人真的很喜歡把別人的頭砍掉耶。最奇妙的是，到現在居然還有人活著！」

　　愛麗絲想找看看有沒有辦法可以在不被人看見的狀況下離開。此時，她注意到半空中出現一個奇怪的東西：一開始，她對那個東西的形狀毫無頭緒，但在注視了一、兩分鐘以後，她看出那是一個笑容，於是自言自語地說：「是柴郡貓先生。這下有人能陪我說話了。」

　　在嘴巴大到可以講話以後，柴郡貓先生說：「球打得還順利嗎？」

　　等到柴郡貓先生的眼睛出現以後，愛麗絲才點點頭。她心想：「至少得等到一隻耳朵出現，我說話他才聽得見。」一分鐘以後，柴郡貓的整顆頭都現形了，愛麗絲把紅鶴放下，開始敘述這場比賽，並因為有了聽眾而顯得開心不已。柴郡貓先生似乎覺得頭部出現就已經夠了，因此身體的其他部位就沒有出現。

　　「我覺得這場比賽一點也不公平，」愛麗絲抱怨，「大夥兒吵架吵得很凶，吵到連自己說話的聲音都聽不清楚，而且比賽好像沒有任何規則。就算有，也沒有人在遵守。還有，球場上的什

麼東西都是活的，會讓人很混亂。比如說，我要使用的下一道球門跑到球場的另一頭去了。而且啊，我的刺蝟剛剛本來可以撞到紅心王后的刺蝟，結果紅心王后的刺蝟一看到我那隻刺蝟滾近就跑走了！」

「妳喜歡紅心王后嗎？」柴郡貓先生低聲問。

「一點也不喜歡，」愛麗絲說。「她實在太……」此時，她注意到紅心王后站在背後聽，於是就說：「……太會打槌球了，要贏過她太難了。」

紅心王后笑著走開。

「妳在跟誰說話啊？」紅心國王朝愛麗絲走來，一臉困惑地看著柴郡貓先生的頭。

「請容我跟您介紹，」愛麗絲說，「這位是我的朋友柴郡貓先生。」

「我一點也不喜歡他的模樣，」紅心國王說，「不過我允許他親我的手。」

「我寧可不要。」柴郡貓先生說。

「不得無禮！」紅心國王說：「別用那種眼神看我！」說這話的同時，他躲到愛麗絲的背後。

「貓也有仰望國王的權利，」愛麗絲說。「我在書上讀過這

樣的句子，但不記得是哪一本了。」

「嗯，非得把這隻貓趕走不可。」紅心國王堅決地說。紅心王后此時剛好走過，紅心國王叫她：「親愛的！我希望妳能夠幫我把這隻貓趕走！」

紅心王后解決任何或大或小的疑難雜症都只有一個方法。「砍掉他的頭！」她頭也不回地說。

「我自己去叫劊子手來。」紅心國王急忙說完就跑開了。

愛麗絲聽見遠方傳來紅心王后的怒吼聲，心想最好回去看看比賽進行到什麼程度了。她聽見紅心王后又判處三個人死刑。因為輪到這些人時，他們沒有即時上場打球。愛麗絲不喜歡這樣

的局面。整場遊戲一片混亂，她根本不知道是不是該輪到自己上場，於是走開，回去尋找自己那顆刺蝟球。

愛麗絲的刺蝟球正在跟另一隻刺蝟球打架，她覺得這是個觸擊成功的大好機會。唯一的問題是，她的紅鶴跑到花園的另一邊。愛麗絲看見他想飛上樹，卻怎麼也上不去。

等抓到紅鶴，把他帶回來時，兩隻刺蝟已經打完架，不知道跑哪裡去了。「不過也沒差，」愛麗絲心想，「反正所有的球門都跑到球場的另一頭去了。」於是，她把紅鶴夾回手臂底下避免他再度脫逃，就回去找她的貓朋友聊天。

來到柴郡貓先生附近時，愛麗絲驚訝地發現他的身旁圍了一大群人。劊子手、紅心國王以及紅心王后爭先恐後、三口齊張在爭論。其他人則心神不寧地看著他們，一句話也沒說。

愛麗絲一出現，爭論中的三個人請她幫忙解決這場紛爭。但由於三人同時講述自己的論點，她發現很難聽清楚他們到底在說些什麼。

劊子手的說法是，除非對方有身體，你才能夠去「砍頭」。他過去從沒砍過沒有身體的頭，未來也不可能辦得到。

紅心國王的說法是，劊子手是在胡說八道。只要行刑的對象有長頭，當然就可以動手去「砍頭」。

紅心王后的說法是，如果這件事情不馬上處理好，她就要把所有的人都砍頭（就是這句話讓大夥兒害怕得不得了）。

　　愛麗絲不知道該說什麼，只好說：「可是這隻貓的主人是公爵夫人，你們最好問問她的意見。」

　　「她關在牢裡，」紅心王后對劊子手說，「把她帶過來。」劊子手飛也似的跑走了。

　　劊子手一離開，柴郡貓先生的頭就開始慢慢消失。等到劊子手帶著公爵夫人回來時，貓頭已經完全不見了。因此紅心國王跟劊子手開始四處尋找柴郡貓先生，其他人則回去繼續比賽。

14　早期撲克牌裡的J為Knave，即侍從，縮寫為Kn，因為和國王K相似，改為J。

9

假海龜的故事

「親愛的老朋友，妳不知道能再見到妳我有多開心！」公爵
夫人邊說邊親熱地挽著愛麗絲的手臂，兩人一起離開槌球場。

看到公爵夫人這麼和藹可親，愛麗絲感到非常開心。她心
想，那天在廚房見面時，或許是因為胡椒的關係，公爵大人才會
變得那麼暴躁。

「要是有一天我當了公爵夫人，」愛麗絲對自己說（不過語
氣沒有很期待），「我的廚房裡絕對不會有胡椒，連一點點都不會
有。湯就算不加胡椒也很好喝——說不定人們的脾氣會那麼暴躁就
是因為胡椒的關係。」愛麗絲對自己發現的新定律很滿意，於是繼

續想：「醋會讓人變得陰沉。洋甘菊會讓人變得憤恨。還有，還有麥芽糖一類的會讓孩子的脾氣變得很溫和。要是大人知道的話就好了。你知道的，這樣他們就不會對孩子那麼小氣了⋯⋯」

這個時候，她幾乎忘記了身旁的公爵夫人。因此當愛麗絲聽見公爵夫人的耳語時，才驚醒過來。「親愛的，妳一定滿腦子都在想別的東西，才會忘記要說話。有句諺語就是在講這種情況，但我一時想不起來，說不定等一下就會想起來了。」

「說不定根本就沒有這樣的一句諺語。」愛麗絲鼓起勇氣說。

「嘖，嘖，孩子啊！」公爵夫人說，「只要妳肯用心去找，凡事都有它的寓意。」說這話時，公爵夫人又朝愛麗絲貼近了幾分。

愛麗絲不喜歡跟她靠這麼近。因為，第一，公爵夫人長得非常醜；第二，公爵夫人的身高剛好可以讓她把下巴靠在愛麗絲的肩膀上，而公爵夫人的下巴又尖得讓人很不舒服。不過她不想失禮，只好盡可能忍耐。

「比賽漸入佳境了。」愛麗絲找了句話說。

「的確是這樣，」公爵夫人說，「正所謂：『噢，讓世界運轉的力量就是愛，就是愛啊！』」

愛麗絲低聲說：「有人還曾經說，不去管他人的閒事才是讓世界運轉的力量呢！」

「唉呀！意思差不多啦，」公爵夫人邊說話邊把那尖尖的下巴又往愛麗絲的肩膀多刺深了幾分。「正所謂：『理直氣就壯。』」

「她也太喜歡從事情裡面找寓意了吧！」愛麗絲心想。

「我敢說，妳一定很好奇我為什麼不去摟妳的腰，」停了一會兒後，公爵夫人說，「因為我不知道妳那隻紅鶴的脾氣好不好。妳覺得我應不應該嘗試看看？」

「他可能會咬妳喔。」愛麗絲謹慎地回答。她並不希望公爵夫人真的去做。

「真的，」公爵夫人說，「紅鶴和芥末都會緊咬不放。正所謂：『鳥以類聚』。」

「可是芥末不是鳥類耶。」愛麗絲說。

「妳又說對了，」公爵夫人說，「妳總是這麼清楚有條理！」

「我猜它應該是一種礦物吧。」愛麗絲說。

「當然嘍，」公爵夫人似乎隨時都準備好要認同愛麗絲所說的一切。「這附近就有一個很大的芥末礦。正所謂：『我擁有的越多，妳擁有的就越少。』」

「啊，我知道了！」愛麗絲大喊。她沒聽見公爵夫人說的最後一句話。「芥末是一種植物。雖然長得不像，但芥末是植物沒錯。」

「我相當同意妳的看法，」公爵夫人說：「正所謂：『做自

己最好』，白話來說就是『永遠不要以為別人看到的或是認為的你跟你以為別人看到的或是認為的你之間有什麼不同。』」

愛麗絲謙恭有禮地說：「要是把妳剛剛說的那句話記下來，我想我會比較了解妳的意思，但妳剛剛說的那些話我實在是聽不太懂。」

「這不算什麼。如果想要的話，我還可以講更多呢！」公爵夫人高興地說。

「用不著這麼麻煩，已經夠長了。」愛麗絲說。

「噢，不會，不麻煩！」公爵夫人說，「我剛剛說的那些話，都是要送給妳的禮物。」

「這禮物還真廉價！」愛麗絲心想，「幸好一般人生日的時候送的不是這種禮物！」但她不敢大聲講出來。

「又在想事情啦？」公爵夫人問，同時用她的尖下巴戳了戳愛麗絲的肩膀。

「我有想事情的權利。」愛麗絲尖銳地回答，因為她已經開始覺得有點不耐煩了。

「一如豬也有飛翔的權利，」公爵夫人說，「正……」

說到這兒，愛麗絲很訝異地發現公爵夫人的聲音居然停住了，連最喜歡的「所謂」都說不出來，而且勾住她的手也開始發

抖。愛麗絲抬起頭，看見紅心王后叉手皺眉，站在她們的面前，就像一場暴風雨即將來臨。

「陛下，今天天氣真好！」公爵夫人卑微地低聲下氣。

「我警告妳，」紅心王后邊跺腳邊大叫，「不是妳人消失，就是妳的腦袋消失！自己選！」

公爵夫人立刻做出選擇，消失的無影無蹤。

「我們繼續去打槌球吧。」紅心王后對愛麗絲說。愛麗絲害怕到一個字也說不出口，只能緩緩地跟在紅心王后的後面，回到槌球場。

紅心王后不在，其他參賽者都趁機躲到陰涼處休息。但一看見紅心王后的身影，都趕忙跑回球場上。紅心王后若無其事地說，誰要是敢耽擱，下場就是被砍頭。

比賽過程中，紅心王后隨時都在跟別人吵架，並且大喊：「砍掉他的頭！」或是「砍掉她的頭！」那些被判處死刑的人都會被士兵帶走，因此這些士兵自然就沒辦法再繼續擔任球門的職務，結果半小時以後，球場上已經沒有任何球門的存在，除了紅心國王、紅心王后跟愛麗絲以外的所有參賽者都因為被判處死刑而遭扣押。

終於，紅心王后停止比賽，氣喘吁吁地對愛麗絲說：「妳見過假海龜嗎？」

「沒有，」愛麗絲說，「我連假海龜是什麼都不知道。」

「就是用來煮假海龜湯的東西。」紅心王后說。

「我沒看過也沒聽過這種東西。」愛麗絲說。

「那就跟我來吧，」紅心王后說，「他會把自己的故事說給妳聽。」

她們一起離開的同時，愛麗絲聽見紅心國王很小聲地對其他人說：「我赦免你們的罪。」

「哇，這樣很好！」她對自己說。她原本因為紅心王后判處這麼多人死刑而覺得很不開心。

她們很快就遇到一頭在陽光底下熟睡的獅鷲（如果不知道獅鷲長什麼樣子的話，請看129頁插圖）。「起來，你這隻懶鬼！」紅心王后說，「帶這位年輕的女士去見假海龜，讓她聽聽假海龜的故事。我得回去看看他們行刑的狀況。」她說完就走了，留下愛麗絲和獅鷲單獨在一起。愛麗絲不太喜歡這隻動物的長相，但她覺得和他待在一起，比起跟殘暴的紅心王后在一塊兒好多了，於是就在原地等著。

獅鷲坐了起來，揉揉眼睛。等再也看不見王后以後，獅鷲咯咯笑了出來。「真可笑！」獅鷲這話一半是自言自語，一半是說給愛麗絲聽。

「什麼東西可笑？」愛麗絲問。

「當然是她嘍，」獅鷲說，「全部都是她自己想像出來的啦。妳要知道，他們從來沒有真的行刑過。來吧！」

「這裡的每個人都叫我『來吧！』」愛麗絲緩緩地跟在獅鷲後面，心想：「這輩子從來、從來都沒有這麼多人指使過我！」

走沒多遠，他們就看到不遠處的假海龜。哀傷的假海龜孤單地坐在微微凸起的岩石上。靠近時，愛麗絲聽見他心碎似的在嘆息，覺得他很可憐。「他為什麼這麼難過啊？」愛麗絲問獅鷲。

獅鷲的回答跟之前差不多：「全部都是他自己想像出來的啦。妳要知道，他才沒有什麼值得傷心的事情咧。來吧！」

他們來到假海龜的身邊。假海龜用滿是眼淚的大眼盯著他們看，但是什麼也沒說。

「這位年輕的女士，」獅鷲說，「想聽聽你的故事，真心的。」

「那就讓我來說給她聽吧，」假海龜的聲音低沉而空洞。「兩位都坐下吧。在我的故事還沒說完以前，都請不要插嘴。」

於是他們坐了下來，幾分鐘之內都沒有人說話。愛麗絲心想：「如果不開始講，故事怎麼會有說完的一天呢。」但她仍然耐心地等待。

「很久很久以前，」在深深地嘆了一口氣以後，假海龜總算

開始說了，「我曾經是一隻真正的海龜。」

接著就是長長的沉默，只有偶爾會聽見獅鷲發出的驚叫聲，以及假海龜不停深深啜泣的聲音。愛麗絲很想站起來說：「先生，謝謝你跟我分享這麼一個有趣的故事。」她覺得後頭一定還有很多沒講，只好乖乖坐著，一個字也沒說。

「在我們還小的時候，」假海龜終於繼續說，語氣也平復了許多，不過仍不時會發出輕微的啜泣聲。「我們會去海裡的學校上課。我們的老師是一隻老海龜，我們都叫他陸龜……」

「既然他是海龜，為什麼你們還要叫他陸龜呢？」愛麗絲問。

「妳真的很笨耶！」假海龜生氣地說，「我們會叫他陸龜，當然是因為他會教我們事情啊[15]！」

「這麼簡單的問題居然還要問，妳真該覺得丟臉。」獅鷲補充。他們倆接下來一句話也沒說，盯著可憐的愛麗絲看，讓她恨不得找個地洞鑽進去。最後，獅鷲對假海龜說：「繼續說吧，老朋友！再等下去太陽都要下山啦！」

於是假海龜繼續說：「對，我們會去海裡的學校上課，雖然妳可能不會相信……」

「我從來沒有說過我不相信！」愛麗絲插嘴。

「妳這不就說了。」假海龜說。

愛麗絲本來還想再講，但獅鷲補了一句：「別說了！」假海龜於是繼續說下去。

　　「我們受的是一流的教育。事實上，我們每天都要去上學……」

　　「我也上過學，」愛麗絲說，「這沒什麼好得意的。」

　　「有額外的課程嗎？」假海龜有點焦慮地問。

　　「有啊，」愛麗絲說，「我們有上法文跟音樂。」

　　「有學洗衣嗎？」假龜問。

　　「當然沒有！」愛麗絲生氣地說。

　　「哈！那你們學校還不夠好，」假海龜鬆了一口氣，「在我們學校啊，繳費單的最後都會列：『法文、音樂、洗衣──額外收費。』」

　　「你們住在海底耶，」愛麗絲說，「不太需要洗衣吧。」

　　「我負擔不起這些額外的花費。」假龜嘆了口氣說，「只上得起基本課程。」

　　「有哪些課程啊？」愛麗絲問。

　　「一開始當然是要學『旋轉』跟『蠕動』嘍，」假海龜回答。「然後就是算術裡的『野心』、『分心』、『醜化』跟『嘲笑』[16]。」

　　「我從來沒聽過『醜化』這門科目，」愛麗絲大膽地問，「那是什麼啊？」

獅鷲驚訝得舉起爪子。「什麼！妳居然沒聽過醜化！」他大叫，「我猜妳應該知道什麼叫美化吧？」

　　「我知道，」愛麗絲不確定地說，「意思就是……把……把東西……變……變漂亮。」

　　「對啊，」獅鷲繼續說，「要是還不知道醜化是什麼，那就真的是個傻瓜蛋了。」

　　愛麗絲不敢再繼續問下去，轉頭向假海龜問道：「你們還有上什麼其他的課嗎？」

　　「呃，我們還有上『神祕學』，」假海龜數著爪子回答，「……古代神祕學跟現代神祕學；『海洋學』；還有『緩慢』——教導緩慢的老師是一條老海鰻，一星期上一次課，會幫我們上『緩慢』、『伸展』，還有『捲曲昏倒』[17]。」

　　「那是什麼啊？」愛麗絲問。

　　「欸，我沒辦法表演給妳看耶，」假海龜說，「我的身體太僵硬了。獅鷲也沒學會。」

　　「沒時間去學，」獅鷲說，「不過我去上過『古典學』，老師是隻老螃蟹喔，真的。」

　　「我沒上過他的課，」假海龜嘆了口氣說，「同學都說，他教的是『歡笑』跟『悲傷』[18]。」

「沒錯，沒錯。」這次換獅鷲嘆了口氣。他倆都用爪子摀住臉。

「那你們一天要上幾個小時的課啊？」愛麗絲急著想轉變話題。

「第一天十個小時，」假龜說，「第二天九小時，依此類推。」

「也太奇怪了吧！」愛麗絲大叫。

「所以才叫『課程』嘛，」獅鷲說，「因為會越上越少啊[19]。」

這種說法對愛麗絲來說很新鮮。她先在腦海裡想了一下，才說：「那第十一天肯定就是放假嘍？」

「那還用說。」假海龜說。

「那第十二天呢？」愛麗絲急忙問。

「上課的事情聊得夠多啦，」獅鷲語氣堅決地打斷了他們，「講些遊戲的事給她聽吧。」

---

15 陸龜（tortoise）跟教我們（taught us）發音近似。

16 英文中，讀（reading）跟寫（writing）音近旋轉（reeling）跟蠕動（writhing）。而算術裡的加（addition）減（subtraction）乘（multiplication）除（division）則音近野心（ambition）、分心（distraction）、醜化（uglification）跟嘲笑（derision）。

17 英文中，歷史（history）、地理（geography）、繪畫（drawing）、素描（sketching）跟油畫（painting in oils）音近神祕學（mystery）、海洋學（seaography）、緩慢（drawling）、伸展（stretching），還有捲曲昏倒（fainting in coils）。

18 英文中，拉丁文（latin）跟希臘文（greek）音近歡笑（laughing）跟悲傷（grief）。

19 英文中，課程（lesson）跟減少（lessen）同音。

10

龍蝦方塊舞

　　假海龜深深地嘆了一口氣，用一邊的前鰭背部擦了擦眼睛。他看著愛麗絲，想說些什麼，卻喉頭哽咽，有一、兩分鐘說不出話來。「好像喉嚨裡卡了一根骨頭。」獅鷲說完搖搖他，幫他搥搥背。假海龜總算又可以說話了，他聲淚俱下地繼續說下去：

　　「妳大概沒有長期住在海底的經驗……」（「我沒有。」愛麗絲說。）「……或許沒人為妳介紹過龍蝦……」（愛麗絲脫口而出：「我吃過一次……」但連忙改口說：「沒有，沒聽過什麼龍蝦。」）「……所以妳或許無法想像龍蝦方塊舞有多麼地美妙！」

「真的很難想像，」愛麗絲說，「那是一種怎麼樣的舞蹈啊？」

「這個嘛，」獅鷲說，「首先，你們得在海岸邊排成一行⋯⋯」

「是兩行！」假海龜大叫，「有海豹、海龜、鮭魚等等。等到把所有的水母都清理乾淨以後⋯⋯」

「這件事得花上一些時間。」獅鷲插嘴。

「⋯⋯就往前走兩步⋯⋯」

「每個人都會有一隻龍蝦舞伴！」獅鷲大叫。

「當然嘍，」假龜說，「往前走兩步，面對舞伴⋯⋯」

「⋯⋯交換龍蝦，然後再往後退兩步。」獅鷲搶著說。

「然後你知道的，」假海龜繼續說，「把龍蝦⋯⋯」

「丟出去！」獅鷲跳起來大喊。

「⋯⋯用力往大海的方向丟⋯⋯」

「再游過去追趕他們！」獅鷲尖叫。

「在海裡翻個筋斗！」大叫的同時，假海龜高興得跳來跳去。

「再一次交換龍蝦！」獅鷲盡全力大吼。

「最後回到岸上。舞蹈的第一節就這樣。」假海龜說話的

聲調忽然降低了。兩隻剛剛發狂般又叫又跳的動物此時又坐了下來，安安靜靜地用十分悲傷的眼神看著愛麗絲。

「這種舞跳起來一定很好看。」愛麗絲怯生生地說。

「妳會想要看一小段嗎？」假海龜問。

「非常想。」愛麗絲說。

「來吧，我們來試跳一下第一節！」假海龜對獅鷲說，「你知道的，沒有龍蝦也沒差。誰負責唱？」

「噢，你來唱吧，」獅鷲說，「歌詞我都已經忘了。」

於是假海龜跟獅鷲繞著愛麗絲正經地跳起舞來。他們用前腳打拍子，不時會因為離愛麗絲太近而踩到她的腳趾頭。同時，假海龜則非常緩慢而哀傷地唱著歌：

鱈魚對著蝸牛說：可否走快點？

一隻海豚跟後頭，踩到我的尾巴上。

看看龍蝦和海龜，各個腳步急匆匆！

他們都在海灘等，要來參加舞會嗎？

要嗎，不要嗎，要嗎，不要嗎，要來參加舞會嗎？

要嗎，不要嗎，要嗎，不要嗎，不來參加舞會嗎？

龍蝦被往海裡丟，我們也被丟出去，

光說實在難想像，飛空感覺樂無窮！

蝸牛斜眼看牙鱈，太遠太遠丟太遠！

親切邀約心感謝，但他不要去舞會。

不要，不能，不要，不能，不要去舞會。

不要，不能，不要，不能，不能去舞會。

長鱗朋友對他說：丟近丟遠哪有差？

遙遙遠遠另一邊，海灘另外有一片。

離開英格蘭越遠，距離法蘭西越近，

親愛蝸牛別害怕，來吧一起跳舞去。

要嗎，不要嗎，要嗎，不要嗎，要來參加舞會嗎？

要嗎，不要嗎，要嗎，不要嗎，不來參加舞會嗎？

「謝謝你們，這支舞蹈真的很有趣，」愛麗絲因為舞終於跳完而覺得非常開心。「我也很喜歡這首和鱈魚有關的歌！」

「噢，講到鱈魚，」假海龜說，「他們……我想妳一定見過鱈魚，對吧？」

「有啊，」愛麗絲說，「我經常看到他們出現在餐……」她連忙停下來。

「我不知道『餐』這個地方是在哪裡，」假海龜說，「不過

既然妳這麼常看見他們，那我想妳一定知道他們的長相。」

「我想我知道，」愛麗絲認真地回想，「他們會把尾巴放到自己的嘴裡，身上還沾滿了麵包屑[20]。」

「根本就沒有麵包屑，」假海龜說，「海水會把黏到身上的麵包屑都沖洗乾淨。但他們的確會把尾巴銜在嘴裡，因為……」假海龜打了哈欠，閉上眼。「……你來告訴她為什麼吧。」他對獅鷲說。

「因為啊，」獅鷲說，「他們要跟龍蝦一起去跳舞，所以就被丟進海裡。他們會被丟到很遠很遠的地方。所以他們就會把尾巴緊緊地銜在嘴裡，會緊到再也拉不出來。就這樣。」

「謝謝你，」愛麗絲說，「告訴我這麼有趣的典故。我以前都不知道原來鱈魚還有這麼多故事呢。」

「如果妳想聽的話，我還有更多可以說的，」獅鷲說，「妳知道為什麼他們會叫做鱈魚嗎？」

「我從來沒有想過這個問題耶，」愛麗絲說。「為什麼？」

「因為他們被用來擦亮靴子和鞋子啊[21]。」獅鷲非常認真地說。

愛麗絲完全沒有任何頭緒。「擦亮靴子和鞋子！」她語氣驚訝地又說了一遍。

「是啊，妳都用什麼東西擦鞋子？」獅鷲問，「我是指，妳都用什麼東西把鞋子擦得發亮？」

愛麗絲低頭看著自己的鞋子，想了一下才說：「我想是擦黑色鞋油吧。」

「海裡的靴子跟鞋子呢，」獅鷲語氣低沉地說，「則是用鱈魚擦得又白又亮。明白了吧？」

「那海裡的鞋子是用什麼做的啊？」愛麗絲非常好奇地問。

「當然是用牛舌魚和鰻魚嘍²²，」獅鷲不耐煩地回答。「這種事情連蝦子都知道。」

「如果我是鱈魚的話，」腦裡仍想著剛剛那首歌的愛麗絲說，「我會對海豚說：『請你不要再靠近，我們不要你作伴！』」

「他們一定要讓海豚跟著，」假海龜說，「聰明的魚兒不管去哪裡都會帶著海豚。」

「真的嗎？」愛麗絲感到相當訝異。

「當然啦，」假海龜說，「例如，如果有隻魚來找我，告訴我，他要出門遠行，我會說：『那你的海豚是？』」

「你該不會是指『目的』吧²³？」愛麗絲說。

「我說什麼就是什麼。」假海龜生氣地說。

此時獅鷲說：「好了好了，換妳講自己的冒險故事給我們聽吧。」

「我可以告訴你們，我從今天早上開始的冒險故事，」愛麗絲有點怯生生地說，「可是昨天的事情我就不說了，因為昨天的我不是我。」

「什麼意思啊，妳解釋一下。」假海龜說。

「別再解釋啦！先說故事吧，」獅鷲不耐煩地說，「解釋太花時間了。」

於是愛麗絲從最早看見白兔先生開始講起。一開始，因為獅鷲跟假海龜一左一右靠得很近，眼睛跟嘴巴都張得很大很大，她有點緊張。但隨著故事逐漸發展，她的膽子開始大了起來。兩名聽眾本來都安安靜靜的，在聽見她講到自己背誦〈威廉老爹您老啦〉給毛毛蟲聽，背出來的內容卻「沒有一個字是對的」之後，假龜就深吸了一口氣說：「這也太奇怪了吧。」

「真的是奇怪得不能再更奇怪了。」獅鷲說。

「居然沒有一個字是對的！」假海龜若有所思地重複了愛麗絲剛剛說的話。「我現在倒是很想聽看看她背點什麼。叫她開始吧。」他看著獅鷲，彷彿獅鷲可以指使愛麗絲似的。

「站起來，背〈懶鬼的心聲〉。」獅鷲說。

「這些動物真會命令人，居然還要我背課文！」愛麗絲心想，「我還不如回去上學算了。」不過她還是乖乖站起來開始背誦。偏偏腦子裡還想著「龍蝦方塊舞」，幾乎不知道自己在背些什麼，背出來的字句也非常古怪：

　　　　龍蝦聲音傳過來，我聽見他這麼說，
　　　　你們把我烤過頭，我的鬍鬚得加糖。
　　　　鴨子法寶是眼皮，龍蝦法寶是鼻子，
　　　　皮帶鈕釦整理好，腳尖朝外立定站。
　　　　潮水退去沙乾乾，龍蝦快活似雲雀，
　　　　罵起鯊魚哪根蔥，龍蝦大爺最威風，
　　　　潮水湧起沙成海，鯊魚現蹤附近游，
　　　　剛剛是個大聲公，現在講話顫又抖。

　　「這跟我小時候背的不一樣。」獅鷲說。
　　「呃，我以前是沒聽過這首詩啦，」假海龜說，「內容聽起來很胡說八道。」
　　愛麗絲什麼也沒說，雙手摀著臉坐下，心想一切是否會有恢復正常的一天。

「希望她能解釋一下這首詩。」假海龜說。

「她解釋不了的，」獅鷲急忙說，「繼續背下一段吧。」

假海龜堅持要問：「可是你想，龍蝦怎麼會有辦法用鼻子讓腳尖朝外呢？」

「那是準備跳芭蕾舞的第一個姿勢。」愛麗絲說。不過她自己腦子也是一團亂，只想趕快轉換話題。

「繼續背下一段吧，」獅鷲不耐煩地又說了一次，「開頭是『我路過他的庭園。』」

即使知道自己一定會背錯，愛麗絲依然不敢不從，於是用顫抖的聲音繼續往下背：

我路過他的庭園，眼角碰巧就瞄到，

貓頭鷹與一隻豹，正在分享一個派，

豹子分到派餅皮，肉汁肉餡也沒忘，

獨留一只空盤子，慰藉貓頭鷹肚腸。

肉派很快吃光光，貓頭鷹有一請求，

仁慈善良豹子爺，湯匙可否送給我，

豹子豹子一聲吼，拿起刀呀拿起叉，

餐宴來到了尾聲……

「如果不解釋一下的話，」假海龜插嘴，「背這麼多又有什麼用呢？我這輩子沒有聽過這麼難懂的東西！」

「是啊，我看妳最好別背了。」獅鷲說。愛麗絲很高興聽見他這麼說。

「我們再來跳一段龍蝦方塊舞給妳看好嗎？」獅鷲繼續說，「還是妳想要聽假海龜唱歌？」

「噢，如果假海龜願意的話，我想要聽他唱歌。」

聽見愛麗絲這麼想聽歌，獅鷲生氣地說：「哼！真沒品味！老夥伴，能請你唱那首〈烏龜湯〉給她聽嗎？」

假海龜重重地嘆了一口氣，然後抽抽噎噎地開始唱：

濃醇翠綠美味湯，

熱湯碗裡等人嚐！

湯好味美誰能擋？

今晚就喝美味湯！

今晚就喝美味湯！

美──味──湯！

美──味──湯！

今—晚—就—喝，

美味湯，美味湯！

天下無敵美味湯！

魚肉珍饈又怎樣？

一晚只要兩便士，

誰人不愛美味湯？

誰人不愛美味湯？

美——味——湯！

美——味——湯！

今—晚—就—喝，

美味，美味—湯！

「副歌再來一遍！」獅鷲大叫。假海龜才剛開口要唱，就聽見遠方有人大喊：「審判開始！」

「來吧！」獅鷲大叫。他牽住愛麗絲的手，沒等歌唱完就跑走了。

「什麼審判啊？」愛麗絲邊跑邊喘。但獅鷲只回答說：「來吧！」就加快了速度。微風裡飄來越來越微弱的悲傷歌聲：

今—晚—就—喝，

美味湯，美味湯！

---

20 指的是一道稱之為「憤怒的鱈魚」（merlan en colère）的法國菜。做法是將鱈魚的尾巴固定在嘴巴，形成一個圓形，入鍋油炸，炸好以後佐香菜、檸檬以及塔塔醬食用。

21 英文中，鱈魚（whiting）也有白堊粉的意思。

22 英文中，牛舌魚（sole）有鞋底的意思，而鰻魚（eel）則與鞋跟（heel）音近。

23 英文中，海豚（porpoise）與目的（purpose）音近。

11

誰偷了水果塔？

　　他們抵達現場時，紅心國王及王后坐在王位上，旁邊圍繞著好大一群小小鳥獸，還有一整副撲克牌：紅心傑克身上綁著鐵鍊，左右各有一名士兵押著。站在國王身旁的白兔先生一手拿著喇叭，另一手拿著一卷羊皮紙。法庭正中央有一張桌子，桌上擺了一大盤水果塔。由於水果塔看起來很美味，盯著看的愛麗絲很快就餓了，她心想：「希望審判能早點結束，把那些點心分給大家吃！」但審判似乎還要花點時間，因此她開始左看看右看看，打發時間。

　　愛麗絲從沒到過法庭，但在書上讀過。發現自己幾乎講得

出法庭內所有人事物的名稱時，她相當開心。她自言自語地說：
「那個人是法官，因為他戴了一頂大假髮。」

　　順便說明一下，那位法官就是紅心國王。他把王冠戴在假髮
上，看起來一點也不舒服，當然也不可能舒服。

「那邊是陪審團的席位，」愛麗絲心想，「而那十二隻動物（她也只能用「動物」這個字，因為他們不是飛禽就是走獸），我猜他們應該就是陪審員。」「陪審員」這個詞她唸了兩、三次，挺得意的。她認為（實際上也是如此），跟她同齡的小女孩很少有人知道這個詞是什麼意思。不過其實也可以稱之為「陪審人」。

十二個陪審員都忙著在自己的石板上寫東西。「他們在做什麼啊？」愛麗絲悄悄地問獅鷲。「審判都還沒開始，應該沒什麼好寫的吧。」

「他們是在寫自己的名字啦，」獅鷲悄聲回答，「免得在審判結束前就忘了。」

「一群笨蛋！」愛麗絲氣憤地大聲說，但很快就閉上了嘴，因為白兔先生大喊：「肅靜！」國王則戴上眼鏡焦慮地東張西望，看到底是誰在講話。

愛麗絲轉頭越過肩膀看，只見所有陪審員都在石板上寫下「一群笨蛋！」，其中一人連「笨」要怎麼寫都不知道，還得問坐在隔壁的。「不用等到審判結束，他們的石板就會寫得一團亂了！」愛麗絲心想。

其中一名陪審員的筆會發出刺耳的刮擦聲，愛麗絲當然忍

受不了這種聲音。她繞著法庭，找到了這名陪審員，很快就找到機會拿走那枝筆。因為她的動作實在太快，那位可憐的小陪審員（就是那隻叫做比爾的蜥蜴）完全不知道發生了什麼事。在怎麼也找不到自己的筆以後，他被迫只能用手指在石板上寫字，就這樣寫了一整天。但因為手指在石板上沒辦法留下任何痕跡，因此也只是白做工。

「傳令官，宣讀起訴書！」紅心國王說。

一聽國王這麼說，白兔先生立刻吹響三聲喇叭，展開羊皮紙宣讀以下的內容：

紅心王后做了水果塔，

夏日時節，

紅心傑克偷走水果塔，

一個不剩！

「請陪審團商議裁決。」紅心國王對陪審團說。

「還沒，還沒！」白兔先生趕忙打斷。「在宣判以前還有很多事情要做呢！」

「傳喚第一位證人。」紅心國王說。

白兔先生吹響三聲喇叭後大喊：「傳第一位證人！」

第一位證人是瘋狂帽客。進來時，他一隻手裡拿著茶杯，另一隻手拿著抹了奶油的麵包。「陛下，請您見諒，」他開始說，「因為下午茶還沒結束，我就被傳喚到這裡來了。」

「午茶時間早該結束了，」紅心國王說，「你是從什麼時候開始喝下午茶的？」

牽著睡鼠的三月兔也跟來了。瘋狂帽客看著他說：「我在想應該是三月十四號吧。」

「是十五號。」三月兔說。

「是十六號。」睡鼠也說。

「把這些都記錄下來。」紅心國王對陪審團說。陪審團趕忙把這三個日期都寫在石板上，然後相加，再把最後的數字換算成先令跟便士。

「把你的帽子脫掉。」紅心國王對瘋狂帽客說。

「這頂帽子不是我的。」瘋狂帽客說。

「小偷！」國王大喊，隨即轉身面向陪審團，這件事情立刻就被記錄了下來。

「我是瘋狂帽客，」瘋狂帽客解釋，「這些帽子都是要拿來賣的，我沒有自己的帽子。」

此時，紅心王后戴上眼鏡，開始盯著瘋狂帽客看。瘋狂帽客的臉色因而變得蒼白、不安。

「說出你的證詞，」紅心國王說，「別緊張，否則我立刻把你處死。」

這些話似乎沒有讓證人的心裡覺得比較好過。他的身體重心一下換到右腳，一下又換到左腳，心神不寧地看著紅心王后。由於腦袋一團亂，因此他不是咬麵包，而是把茶杯咬下了一大塊。

這個時候，愛麗絲忽然有種非常奇怪的感覺。一開始她只是覺得哪裡很不對勁，後來才發現自己又開始變大了。她本來想起身離開法庭，最後決定只要這裡的空間還夠大，她就暫時先待著。

「請妳不要擠這麼過來，」坐在她隔壁的睡鼠說，「我快沒辦法呼吸了。」

「我也沒辦法，」愛麗絲語氣和緩地說，「我正在長大。」

「妳沒有權利在這裡長大。」睡鼠說。

「別胡說八道了，」愛麗絲的膽子大了起來。「你也隨時都在長大啊。」

「是沒錯，可是我是按照正常速度長大的，」睡鼠說，「沒像妳這麼誇張。」他悶悶不樂地站了起來，走到法庭的另一頭。

從剛剛開始，紅心王后就持續盯著瘋狂帽客看。睡鼠走到法庭的另一頭時，紅心王后對一名庭役說：「把上次音樂會裡負責唱歌的人的名冊拿過來！」可憐的瘋狂帽客嚇得渾身發抖，抖到連鞋子都掉了。

　　「說出你的證詞吧，」國王生氣地再說一遍。「否則不管你緊張與否，我都要把你處死。」

　　「陛下，我是個可憐人，」瘋狂帽客顫抖著開始說：「……我才剛開始喝茶……才喝了不到一星期……抹了奶油的麵包又這麼薄……還有一閃一閃的茶……」

　　「一閃一閃的什麼？」國王問。

　　「一閃一閃的茶。」瘋狂帽客回答。

　　「茶哪會一閃一閃！[23]」國王嚴厲地說，「你以為我是傻瓜嗎？繼續說！」

　　「我是個可憐人，」瘋狂帽客繼續說，「在那之後，很多東西都變得一閃一閃的……只是三月兔說……」

　　「我沒說！」三月兔急忙插嘴。

　　「你有說！」瘋狂帽客說。

　　「我否認！」三月兔說。

　　「他否認，」紅心國王說，「那就不談這個部分。」

「噢，不管怎麼樣，睡鼠說……」瘋狂帽客繼續講，同時轉頭看睡鼠是否也否認，但睡鼠睡得很沉，什麼也沒否認。

「在那之後，」瘋狂帽客繼續說，「我又切了一些奶油跟麵包……」

「可是睡鼠說了什麼？」一名陪審員問。

「不記得了。」瘋狂帽客說。

「你一定要想起來，」紅心國王說，「否則我就把你處死。」

可憐的瘋狂帽客嚇得茶杯跟麵包都掉了，單膝跪下。「陛下，我是個可憐人。」他開始說。

「你說話的能力的確非常可憐。」紅心國王說。

此時，一隻天竺鼠突然歡呼，但立刻就被庭役制止。（因為制止這個字比較難，所以我來說明一下庭役是怎麼做的。他們拿出一個大的帆布袋，把天竺鼠頭下腳上塞進去，接著用細繩把袋口束緊，最後坐在袋子上面。）

「真高興能親眼見到，」愛麗絲心想，「我常在報紙上讀到，說審判結束時，『有些人會企圖喝采，但立刻被庭役制止。』現在才知道他們是怎麼做的。」

「如果沒有別的要說，你就下去吧。」紅心國王說。

「我沒辦法再下去了，」瘋狂帽客說，「我已經跪在地板上

了。」

「那你就坐下吧。」國王回答。

另一隻天竺鼠歡呼，也隨即受到了制止。

「好啦，天竺鼠都已經完蛋了！」愛麗絲心想，「審判應該能夠進行得更順利了。」

「如果可以的話，我想回去把下午茶喝完。」瘋狂帽客緊張地看著正在讀名冊的紅心王后。

「你可以走了。」紅心國王說。瘋狂帽客連鞋都沒穿，就匆忙離開法庭。

「……去外面把他的頭砍掉。」紅心王后對一名庭役說。但庭役都還沒走到門口，瘋狂帽客就已經消失無蹤。

「傳喚下一位證人！」紅心國王說。

下一位證人是公爵夫人的廚師。她的手裡拿著一個胡椒罐。其實早在還沒進法庭之前，愛麗絲就已經因為靠近門口的人全部都開始打噴嚏，而知道來的人是她了。

「說出妳的證詞吧。」紅心國王說。

「我不說。」廚娘說。

國王不安地看著白兔先生，白兔先生低聲說：「陛下一定要好好盤問這位證人。」

「好吧，既然有這必要，那我就問了。」紅心國王無可奈何地說。他雙臂交叉盯著廚娘，眉頭皺到眼睛都快看不見了，接著低聲問：「水果塔是什麼做的？」

　　「主要成分是胡椒。」廚娘說。

　　「糖漿。」廚娘的背後響起一個昏昏欲睡的聲音。

　　「逮捕那隻睡鼠，」紅心王后尖聲大叫，「砍掉他的頭！把那隻睡鼠趕出去！制止他！捏他！拔掉他的鬍鬚！」

　　接下來的幾分鐘之內，法庭裡一片混亂地把睡鼠趕了出去。等到大夥兒再次就定位時，廚娘已經不見了。

　　「別管了！」紅心國王鬆了一大口氣地說：「傳喚下一位證人。」他同時低聲對王后說：「親愛的，下個證人就交給妳盤問，我是說真的，盤問證人這種事會讓我的頭很痛！」

　　愛麗絲看著白兔先生來回檢閱那份名單，十分好奇接下來的證人會是誰。「……他們目前還沒有掌握到什麼證據。」她自言自語。她萬萬沒想到，白兔先生接著尖聲高喊出來的名字居然會是「愛麗絲」！

24　原文裡，瘋狂帽客強調自己說的是「tea」（茶），但國王聽成了「t」，而「一閃一閃」（twinkling）的開頭就是「t」，因此國王才會覺得瘋狂帽客把他當傻瓜。

12

愛麗絲的證詞

「我在這兒！」愛麗絲大喊。慌亂之中，她忘記自己過去幾分鐘之內長了多大，因此在忙著站起來時，裙襬翻倒了陪審團的席位，所有的陪審員都跌到底下群眾的頭頂上。看著陪審團翻倒在地上的模樣，讓她想起一星期前自己不小心打翻的那缸金魚。

「唉呀，對不起！」她驚慌失措地大叫，並開始盡快把他們一一撿起來。由於腦海裡還在想金魚的事情，恍惚覺得自己得立刻把陪審員都救起來，放回陪審團席位，否則他們就會死掉。

「審判暫停，」紅心國王嚴肅地說，「等陪審團成員全體回到自己的位子後再開始——全體。」他再次強調這個字，並在說

這話時緊緊盯著愛麗絲看。

愛麗絲看著陪審團席位，這才注意到因為手忙腳亂，竟然把蜥蜴倒栽蔥放了回去，而這隻動彈不得的可憐小動物只能無助地擺動尾巴。愛麗絲立刻把他抓起來轉半圈後放回。她自言自語地說：「其實也沒差，我覺得他不管哪一面朝上，對審判都不會有什麼用處。」

等到陪審團從剛剛的打擊中稍稍復原，也拿回自己的石板跟石筆以後，就開始振筆疾書，把剛剛的意外事故記錄下來。裡頭只有蜥蜴似乎因為驚嚇過度而只能盯著法庭的天花板發呆，什麼事也做不了。

「妳對這個案件了解多少？」紅心國王問愛麗絲。

「什麼都不知道。」愛麗絲說。

「連一點點都不知道嗎？」紅心國王追問。

「一點點不知道。」愛麗絲說。

「這個證詞很重要。」紅心國王轉頭對陪審團說。

他們正打算把這句話記錄在石板上時，白兔先生插了嘴：「當然，陛下的意思是說不重要。」他畢恭畢敬地說，同時對紅心國王擠眉弄眼。

「沒錯，我的意思是不重要。」紅心國王急忙說，同時低聲

地自言自語，「重要──不重要──不重要──重要──」彷彿在推敲哪一個詞比較好聽。

有些陪審員寫下「重要」，有些陪審員則寫下「不重要」。因為愛麗絲離他們的石板很近，因此都看見了。「但其實也不會有什麼差別啦。」她心想。

此時，本來忙著在筆記本上寫東西的紅心國王尖聲大喊：「肅靜！」接著把筆記本上寫的東西唸出來：「第四十二條規定。身高超過一千六百公尺的人一律離開法庭。」

所有人都看著愛麗絲。

「我才沒有那麼高咧。」愛麗絲說。

「妳有。」紅心國王說。

「都快兩倍高了。」紅心王后也說。

「哼，不管怎麼樣，我才不要離開咧，」愛麗絲說，「而且那才不是什麼正式規定，是你剛剛才編出來的。」

「這是本子裡最古老的規定。」紅心國王說。

「那就應該是第一條規定才對。」愛麗絲說。

紅心國王臉色一白，趕忙合上筆記本。「請商議你們的裁決。」他用顫抖的聲音低聲對陪審團說。

「啟稟陛下，還有其他證據呢，」白兔先生趕忙跳起來。

「這張紙是剛剛才撿到的。」

　　「裡面寫了什麼？」王后問。

　　「我還沒打開，」白兔先生說，「但似乎是一封信，是犯人寫給……寫給某人的。」

　　「當然是寫給某人的，」紅心國王說，「除非是寫給沒人的，你知道，這樣的話就很不尋常了。」

　　「收件人是誰？」一名陪審員問。

　　「沒有指定收件人，」白兔先生說。「事實上，信件外頭什麼也沒寫。」此時，他打開那張紙，然後說：「原來這不是一封信，而是一首詩。」

　　「是犯人的筆跡嗎？」另一名陪審員問。

　　「不是犯人的筆跡，」白兔先生說，「真是太奇怪了。」（陪審員都一臉困惑。）

　　「他一定是模仿別人的筆跡，」紅心國王說。（陪審員都恍然大悟。）

　　「啟稟陛下，」紅心傑克說，「那首詩不是我寫的，而且也

沒有證據能證明是我寫的，因為最後沒有署名。」

「如果你沒有署名的話，」紅心國王說，「那情況就更糟糕了。你肯定是想搞蛋，否則就應該老老實實地簽上自己的名字。」

這時候大家都拍起手來。這是紅心國王當天講出的第一句聰明話。

「那就證明他有罪。」紅心王后說。

「那個不能證明他有罪！」愛麗絲說，「你們根本就還不知道裡面寫了什麼東西！」

「唸出來。」紅心國王說。

白兔先生戴上眼鏡。「請問陛下，我應該從哪裡開始唸呢？」他問。

「從開頭唸起，」紅心國王嚴肅地說，「唸到結束為止，然後就停。」

白兔先生唸出來的詩句是這樣的：

他們說你拜訪她，

且跟他提到了我，

她說我個性很好，

但是卻不會游泳。

他說我未前往，

我們知道他未說謊。

如果她逼得太緊，

你會變成什麼樣？

我給她一個，他們給兩個，

你給三個或更多，

他全部還給你，

但那全來自我。

若我或她捲入此事，

他相信你應能夠讓

他們恢復自由之身，

就像我們以前那樣。

在她發飆前我曾以為

你會是一道阻礙，

橫亙在他、我們，

　　還有一個它之間。

　　別讓他得知她最喜歡他們，

　　這事必須永遠保密，

　　只有你我知道真相，

　　別讓閒雜人等知曉。

　　「這是目前為止最重要的證據，」紅心國王搓著雙手說，
「所以現在請陪審團⋯⋯」

　　「如果有人能夠解釋一下這首詩在講些什麼，」愛麗絲說
（她在前幾分鐘又長大了很多，因此她完全不怕打斷紅心國王的
話），「我就給那個人六便士。我認為這首詩根本沒有任何意
義。」

　　陪審團都在自己的石板上寫下：「她認為這首詩根本沒有任
何意義。」但是誰也沒打算解釋紙上的內容。

　　「你知道的，如果這首詩沒有任何意義的話，」紅心國王
說，「那我們就不用硬去解釋，可以省下很多麻煩。可是話說回
來，」紅心國王把紙張在膝蓋上攤開，只用一隻眼睛看，然後
說，「我似乎看出了一些端倪。『⋯⋯但是卻不會游泳⋯⋯』你

不會游泳，對不對？」他轉頭面向紅心傑克。

紅心傑克哀傷地搖搖頭。「我看起來像會游泳的人嗎？」他說。（他當然不會游泳，因為他渾身上下都是紙做的。）

「目前為止沒有什麼問題。」紅心國王說。他繼續喃喃唸著那些詩句：「『我們知道事實的確如此……』指的當然是陪審團……『我給她一個，他們給他兩個……』你知道的，這一定是在說他怎麼處理那些水果塔……」

「但後面的詩又說『他把那些全部還給了你』。」愛麗絲說。

「沒錯，水果塔就在那裡！」紅心國王得意洋洋地指著桌上的水果塔說。「沒有比這更清楚明白的事情了。接著是……『在她發飆之前……』親愛的，我想妳從來都沒有發飆過，對不對？」他對紅心王后說。

「一次都沒有過！」紅心王后勃然大怒地回答，同時把一旁的墨水瓶扔向蜥蜴。（不幸的小比爾因為發現手指沒辦法在石板上留下任何痕跡，早已經不再記錄任何事情。但此刻，他發現墨水不停地從臉上滴下來，又開始趕在墨水滴完以前，在石板上寫個不停。）

「那這個形容詞就不符合妳了。」紅心國王笑著轉頭看法庭

裡的人。現場鴉雀無聲。

「這是一句雙關語[25]！」紅心國王生氣地說明，於是眾人都笑了。「請陪審團商議裁決。」紅心國王這天約第二十次這麼說。

「不行，不行！」紅心王后說，「先判刑，再裁決。」

「胡說八道！」愛麗絲大聲地說，「哪有人先判刑的！」

「住口！」紅心王后氣得臉都紫了。

「不要！」愛麗絲說。

「砍掉她的頭！」王后尖聲大喊，可是沒有人行動。

「誰理妳啊？」愛麗絲說（她已經長回原本的身高），「你們不過是一副撲克牌而已！」

聽到這句話，撲克牌全部往上飛，再往下飛到她的身上。她尖叫一聲，又驚又氣地想用手把撲克牌撥掉，卻發現自己躺在河岸邊，頭枕在姊姊的腿上。姊姊正輕輕地把飄落到她臉上的枯葉撥掉。

「親愛的，愛麗絲，醒醒！」她的姊姊說，「妳看看妳，居然睡了這麼久！」

「噢，我作了一個超奇怪的夢！」愛麗絲說。她把自己還記得的一切，也就是剛剛讀到的所有奇境裡的冒險，全都告訴了姊姊。愛麗絲說完以後，姊姊親了她一下，說：「親愛的，妳作的

這個夢真的很古怪，妳該去喝下午茶了，時候不早了。」愛麗絲起身離開，邊跑邊想，這場夢境真是不可思議。

在愛麗絲離開以後，她的姊姊依然坐在原地，手托著頭看日落，腦海裡想著小愛麗絲跟她的奇妙冒險，想著想著似乎也進入了夢鄉，以下是她所作的夢：

起先，姊姊夢到小愛麗絲，夢見她用小手環抱膝蓋，專注地仰望著她。姊姊清清楚楚地聽見小愛麗絲的聲音，也看見她微微甩頭，甩開那些經常跑進眼睛裡的頭髮。她還聽見，或彷彿聽見，身旁的一切都因為妹妹夢中的那些奇妙生物而變得活靈活現。

腳邊沙沙作響的長長的草，是白兔先生跑過時發出的聲響。害怕的老鼠在附近的池子裡拍水游過。她聽得見三月兔跟他的朋友一起喝著永遠不會結束的下午茶時，杯盤所發出的撞擊聲。也聽見紅心王后尖聲下令把那些不幸的賓客處死。豬寶寶又回到了公爵夫人的腿上打噴嚏，許多杯盤則在他們的身旁摔得碎裂。獅鷲尖銳的叫聲，蜥蜴用筆把石板寫得嘎吱響的聲音，被壓制住的天竺鼠發出喘不過氣的聲音，加上可憐的假海龜在遠方啜泣的聲音，都飄浮在空氣之中。

她坐起身子，閉著眼睛，幾乎相信自己也置身於奇境之中。

不過她知道，只要一張開雙眼，就會回到單調的現實世界：吹得青草沙沙作響的不過是風罷了，池塘是因為蘆葦的擺動而出現漣漪。杯盤的撞擊聲會變成羊鈴的叮噹聲，紅心王后的叫喊聲會變成牧童的吆喝聲。豬寶寶的噴嚏聲、獅鷲的叫聲，以及各種古怪的聲響，（她知道）都會變成農村裡繁忙的喧囂聲。遠方的牛叫也會取代假海龜的低沉啜泣聲。

最後，她想像自己的小妹妹將來長大成人的模樣。這個妹妹也會變成女人，會在自己的成熟歲月中仍保有一顆單純可愛的赤子之心。孩子們都會圍在她的身邊，眼睛發亮、全神貫注地聽她講許多奇妙的故事，或許還會提到很久以前的那場奇幻夢境。她會分擔孩子們單純的哀傷，在孩子們單純的愉悅中找到快樂。這一切都會讓她回想起自己的童年，回想起那些快樂的夏日時光。

---

24 原文have a fit為發飆，而fit也有符合的意思。

愛經典 004

愛麗絲夢遊仙境
ALICE'S ADVENTURES IN WONDERLAND
【珍藏獨家夜光版】

作者：
路易斯・卡洛爾
（Lewis Carroll）｜繪者：
茉莉亞・薩爾達（Júlia
Sardà）｜譯者：朱浩一｜出版者：愛米粒出版有限
公司｜地址：台北市 10445 中山北路二段 26 巷 2 號 2 樓｜編
輯部專線：（02）25622159｜傳真：（02）25818761｜【如果您對
本書或本出版公司有任何意見，歡迎來電】｜總編輯：莊靜君｜內文美術：
王志峯｜法律顧問：陳思成｜印刷：上好印刷股份有限公司｜電話：
（04）23150280｜初版：二〇一六年（民 105）七月一日｜二版一刷：
二〇一八年（民 107）四月一日｜定價：249 元｜總經銷：知己圖
書股份有限公司｜郵政劃撥：15060393｜（台
北公司）台北市 106 辛亥路一段 30 號 9
樓｜電話：（02）23672044／23672047｜
傳真：（02）23635741｜（台中公司）
台中市 407 工業 30 路 1 號｜電話：（04）
23595819｜傳真：（04）23595493｜國際書碼：978-986-96012-6-9｜
CIP：873.57／107002798｜" Alice's Adventures in Wonderland " first
published in 1865. Illustrations made by Júlia
Sardà. Complex Chinese Characters © 2016
Emily Publishing Company, Ltd.｜版
權所有・翻印必
究｜如有破損或
裝訂錯誤，
請寄回
本公
司更
換

因為閱讀，我們放膽作夢，恣意飛翔。在看書成了非必要奢侈
品，文學小說式微的年代，愛米粒堅持出版好看的故事，讓世界
多一點想像力，多一點希望。

愛米粒出版
Emily

| 廣　告　回　信 |
| 台 北 郵 局 登 記 證 |
| 台北廣字第０４４７４號 |

平　信

To：**愛米粒出版有限公司　收**

地址：台北市10445中山區中山北路二段26巷2號2樓

當　讀　者　碰　上　愛　米　粒

姓名：＿＿＿＿＿＿＿＿＿＿　□男 / □女：＿＿＿歲

職業 / 學校名稱：＿＿＿＿＿＿＿＿＿＿＿＿＿＿＿＿＿

地址：＿＿＿＿＿＿＿＿＿＿＿＿＿＿＿＿＿＿＿＿＿

E-Mail：＿＿＿＿＿＿＿＿＿＿＿＿＿＿＿＿＿＿＿＿

● 書名：愛麗絲夢遊仙境

● 這本書是在哪裡買的？

a.實體書店 b.網路書店 c.量販店 d.＿＿＿＿＿＿

● 是如何知道或發現這本書的？

a.實體書店 b.網路書店 c.愛米粒臉書 d.朋友推薦 e.＿＿＿＿＿＿

● 為什麼會被這本書給吸引？

a.書名 b.作者 c.主題 d.封面設計 e.文案 f.書評 g.＿＿＿＿＿＿

● 對這本書有什麼感想？有什麼話要給繪者或是給愛米粒？

※ 只要填寫基本資料，就有機會獲得愛米粒讀者專屬綁書帶或是
　《小熊學校》童書繪本相關商品喔！

填好回函卡內容以及正確基本資料後，請將回函卡寄回，
也可以拍照以私訊上傳到愛米粒臉書
或寄到愛米粒信箱 emilypublishingtw@gmail.com
或掃描QRcode填寫線上回函卡。
即可獲得晨星網路書店50元購書優惠券。
購書優惠券將mail至您的電子信箱（未填寫完整者速無法贈送。）
並有機會得到精美小禮物喔！

得獎名單會於愛米粒臉書公布，敬請密切注意！
愛米粒Emily: https://www.facebook.com/emilypublishing

愛米粒出版有限公司
Emily Publishing Company, Ltd.